I0543504

www.ingramcontent.com/pod-product-compliance
Lightning Source LLC
Chambersburg PA
CBHW030144200626
46812CB00015B/1574
* 9 7 8 4 9 0 2 0 7 5 1 6 8 *

ゾラン・ジヴコヴィッチの

不思議な物語

ゾラン・ジヴコヴィッチ
山田順子：訳

KURODAHAN PRESS 黒田藩プレス

◎もくじ

ゾラン・ジヴコヴィッチの

不思議な物語

ティーショップ

ティーショップ

グレタは、駅前の通りの向こうにティーショップがあるのを見てうれしくなった。彼女が乗ってきた列車は十五分遅れでこの駅に到着したのに、乗り継ぐ予定だった列車は定刻どおりに発車していたのだ。次の列車まで、二時間半ばかり待たなくてはならない。待合室で本を読みながら時間をつぶすこともできるが、どうもその気になれない。そもそも待合室が好きではないし、そこで本を読みおえてしまったら、列車の中でなにを読めばいい？　読みかけの本はあと八十ページしか残っていない。旅の最終区間に見合うだけのページ数だ。それならば、待合室で本を読むより、ティーショップで時間をつぶすほうがずっといい。それに、なんといっても、ちょうど午後のお茶の時間だ。

駅の中央出入口で、グレタはスーツケースをどうすればいいか迷い、しばしたたずんだ。スーツケースは重いけれども、目の前のティーショップに行くには、小さな広場を横切るだけでいい。とはいえ、重い荷物を持っていってもしかたがない。特に、けぶるような細かい雨が少し強い雨足になってきたいまは。グレタはきょろきょろと周囲を見まわして、手荷物預かり所の表示をみつけた。手荷物預かり所のカウンターの向こうには、背の低い老人がいた。いやに鼻が赤いのは酒好きのあかしだが、アルコールのにおいはしていない。老人は重いスーツケースを片手でらくらくと扱い、グレタに預かり証を渡した。

身軽になったグレタは、三角形の濃淡の茶色が交互になった大きな傘を広げた。茶色の傘は彼女のコート、靴、ハンドバッグにぴったりマッチしてい

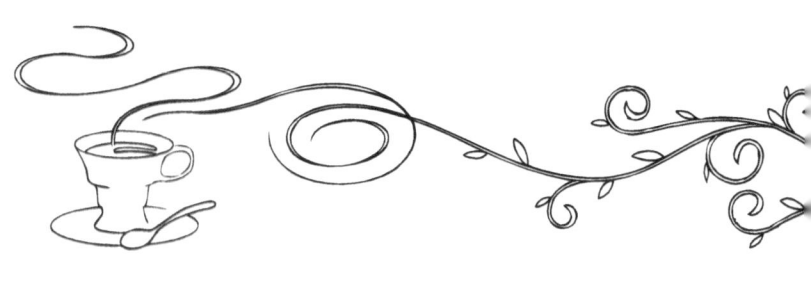

る。水をはねかけられないように、車が二台通過するのを待ってから、小刻みな早足で通りを渡り、広場に向かう。どれほど足もとに注意しても、どうしても水がはねてしまう。アーチ形の屋根におおわれたティーショップの入り口に着くと、グレタは入り口に背を向けて傘を振り、雨のしずくを切って、小雨のなかに一瞬、大粒の雨を降らせた。

　ティーショップに入り、ドアを背に立ちどまって、細長い店内を見まわす。右手のカウンターの向こうにはウエイターがひとり。濃いもみあげと、えんぴつで描いたような細いくちひげの四十代始めとおぼしい男で、がっしりした上半身を白い半袖のシャツと緑色のベストで固めている。燃えるような赤毛のほっそりしたレジ係は、大きなメガネをかけてなにやら書いている。彼女も白いブラウスに緑色のベストというかっこうだが、こちらは軽やかな感じがする。

客は多くない。ドアの左側の隅の席で、初老の男が新聞を読んでいる。グレタが入ってきたときにちょっと目をあげたが、すぐにまた新聞に視線をもどした。大きな窓のそばの席には若いカップル。ふたりともテーブル越しに身をのりだし、鼻をくっつけんばかりにして低い声でおしゃべりをしている。奥の席には、ネイヴィーブルーのスーツと同じ色の帽子の女性客。テーブルの縁に両肘をつき、なにやら考えこんでいるようすで、目の前に置かれた湯気のたつカップをじっとのぞきこんでいる。

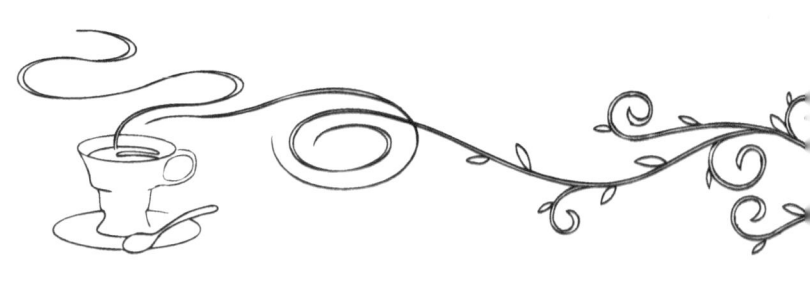

グレタは窓から少し離れた、空いているテーブルに向かった。窓の外を通る人々の目にさらされるのはいやだったのだ。コートをぬいでコートラックに掛け、その下の傘立てに傘を入れる。緑色のビロードを張った、どっしりした肘掛け椅子に腰をおろすと、体が沈みこんでしまうような気がした。

これもまた緑色の、細長くて薄いメニューを開く気はなかった。午後はいつも、カモミールティーを飲むことにしているからだ。だが、急に気が変わった。今日は特別なことをしようという気になったのだ。旅先でいつもと環境がちがうし、決まりきった日常生活では、気まぐれな行動など、めったにできるものではない。本来なら、この地で途中下車するはずではなかったのに、偶然のなりゆきで、このティーショップに腰をおちつけることになったのだ。それならば、このチャンスを楽しむべきではないだろうか？　知らない土地で誰も知っている人がいない気安さから、グレタはいつもとはちがうことがしたいという、冒険的な気分になったのだ。せっかくなので、いちばんめずらしいお茶を注文してみるつもりだ。

メニューは四ページあり、どのページもびっしりと、お茶の名前で埋まっている。ほとんど知らない銘柄ばかりで、子どものころから毎日、朝に昼にこの熱い飲みものを飲んできたというのに、飲んだことがある銘柄は少しし

かなかった。豊富な銘柄に目を通しながら、なぜ自分は月並みな選択に甘んじてきたのだろうと、グレタは少しばかり後悔をまじえながら、我ながら不思議に思った。〝保守〟という美徳を重んじているような気がしたのだろうが、なぜそうしてきたのか、いまは思い出せない。少なくとも、たかがお茶の選択をことさらに自制したりする必要はなかったのだ。いまこそ、遅まきながら、ささやかな冒険ができるチャンスだ。

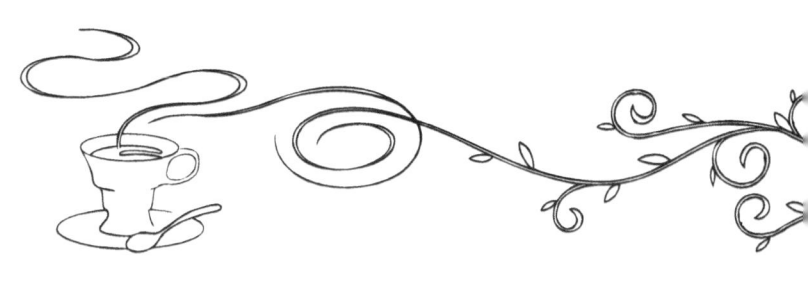

メニューの銘柄のわきには、それぞれのお茶の効能が記されていた。なかには、驚くようなものもあれば、思わずくちびるがほころぶようなものもあり、つい顔が赤くなってしまうようなものもある。キャベツのお茶（消化促進効能あり）や、ホウレンソウのお茶（脊椎症の痛みを緩和する効能あり）や、ニンジンのお茶（貧血症緩和を助ける効能あり）のことはまったく知らなかった。イラクサのお茶は記憶力を強化し、苔のお茶は張りつめた神経をやわら

げるらしい。また、パピルスのお茶は枯れた欲望をふたたび燃えあがらせるという。

メニューの四ページ目には、途方もない名前と効能をもつお茶がずらりと並んでいた。状況がちがえば、グレタがつねづね誇りとしている〝常識〟が頭をもたげ、彼女の眉をひそめさせただろう。だが、いまは、趣味の悪い、軽薄な名前だとは思えなかった。途方もないのにすてきに思えるのは、どうしてだろう？　それぞれのお茶の原料はなんなのか、訊くことはできるけれども、そんなことをすれば魔法が解けてしまうだけなので、グレタは訊かないことに決めた。

風のお茶は鈍い感情を吹き払い、雲のお茶は飛びたくなる気持をかきたて、月光のお茶は気持を浮きたたせ、春のお茶は若返った気持にさせてくれ、夜のお茶は妖しくも罪深い思いを引き出し、静寂のお茶は心に静謐を満たし、霧のお茶はしみじみとした喜びを、雪のお茶は希望を与えてくれるという。どのお茶を選んでもいいのだ。いちばん望ましいのは、この全部をミックスしたお茶だろう。グレタには、このすべてが欠けているからだ。

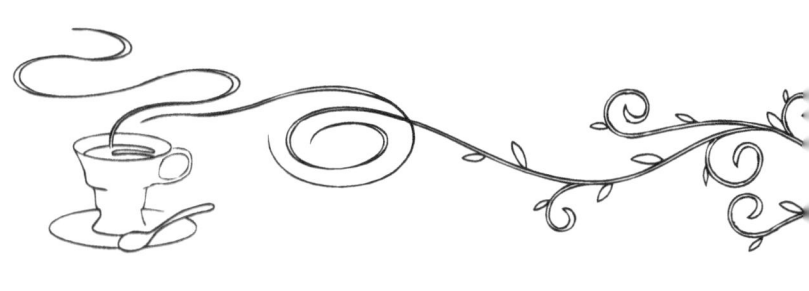

しかし、けっきょく、グレタはそのどれも注文しなかった。そのかわり、メニューの最後の品を選んだ――物語のお茶を。

それに決めたのは、名前のわきに〝あなたにはこれが必要です〟という短い推薦文が書き添えてあったからでもある。だが、決め手となったのは、グレタが物語を心から愛しているからだ。彼女は毎日、儀式のようにお茶を飲むのと同じく、本を読む。気持がおちこんでいるときには、現実世界よりもはるかにすばらしい、満ち足りた物語世界で生きることを良しとせず、そんな自分を叱りつけたりする。だが、そういった自虐的な思いも本を遠ざけることにはならず、いったん、ストーリーに引きこまれてしまえば、憂鬱も消

ティーショップ

えてしまう。したがって、いちばんめずらしいお茶を飲んでみようと決めたからには、これは最適の選択だった。

グレタはメニューを閉じ、テーブルに置いた。それを合図に、ウエイターが近づいてきた。

「いらっしゃいませ」ウエイターは微笑した。「ご注文はお決まりですか？」

「こんにちは」グレタはそっけなく微笑した。「物語のお茶をおねがい」

大きな声で注文したわけでもないし、ありふれたお茶を注文したときには当惑など感じるはずはないのに、注文した瞬間、グレタは強い当惑を覚えた。というのも、静かなティーショップの中に、彼女の低い声が響きわたり、店内のすべてのひとの耳に届いたような状況になったからだ。レジ係は書きものの手をとめ、顔をあげてグレタのほうを見た。ドア近くの席の男は新聞の縁越しに視線を彼女に向けた。たがいの目しか見ていなかった若いカップルは、そろって彼女のほうに顔を向けた。ネイヴィーブルーのスーツの女性も、カップの中をのぞきこむのをやめて、興味深げにグレタに見入った。

　グレタは赤面し、うつむいた。犯罪でもおかしたような気分だった。こんな恥ずかしい目に会うのは、ひとえに自分のせいだ。いつものようにカモミールティーを注文すれば、誰もまばたきひとつしなかっただろう。自制心を働かせなかったばかりに、こんな羽目に陥ってしまった。当然の報いといえる。物語のお茶を注文するなんて。いったいどう思われたことか。

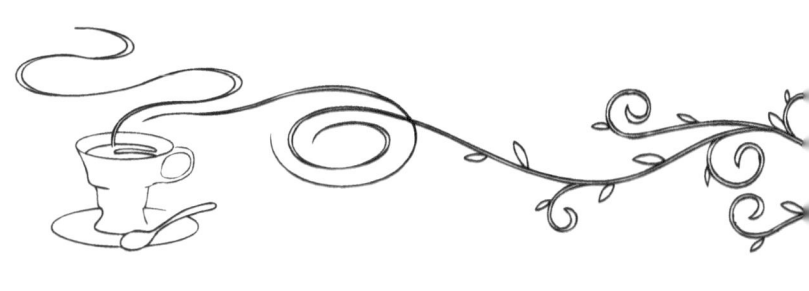

　気まずい思いでいたグレタは、ウエイターによって救われた。顔いっぱいに笑みをうかべ、ウエイターはおじぎをした。「かしこまりました、マダム。すぐにお持ちします」
　ウエイターが去るまで、グレタは顔をあげなかった。膝の上に重ねた両手をじっと見ていた。体じゅうに穿鑿と軽蔑のまなざしが突き刺さってくるような気がする。しかし、ようやく勇気をふるいおこして顔をあげ、すばやく店内を見まわしてみると、もはや好奇の目で見ている者がいないことがわかり、グレタはほっとした。誰もが前と同じ状態にもどっている。

数分後、グレタの前に、鐘を逆さにしたような形の白いカップが置かれた。取っ手はネズミの耳にそっくりだ。お茶はティーショップのスタッフのベストと同じ緑色。グレタはウエイターにほほえみかけ、軽くうなずいた。

ウエイターはテーブルのわきに立ったままだ。ふたたびグレタは当惑した。どうしてウエイターが去らないのか、自分がどんな態度をとればいいのか、さっぱりわからなかったからだ。迷ったあげく、ウエイターがそばにいないふりをするのがいちばんだと結論をだした。知らん顔でお茶を飲むことだ。飲むためにお茶を注文したのだから。そうではないか？　どちらにしろ、ほかにどうすればいい？

グレタはくちびるにカップをあてがい、湯気のたつ緑色の液体をふうふうと吹いた。熱いのと、どんな味か予想もできないこともあって、そっと口に含んでみる。マイルドだが、ほのかな苦みがある。以前に味わったことがあるような気がするが、そうだといいきる自信はない。アーモンドとハナミズキと、いつのまにか失ってしまったなにかとが混ざったような風味。グレタはカップを受け皿にもどした。

「お気に召しましたか？」ウエイターは訊いた。

一瞬ためらったのち、グレタは答えた。「ええ。とても」

「それはよかった。さて、それでは物語に移れますね」ウエイターは空いた肘掛け椅子の一脚を手で示した。「すわってもよろしいですか？」

いいという暇もないうちに、ウエイターがさっさと椅子にすわるのを、グレタはあっけにとられて見守った。

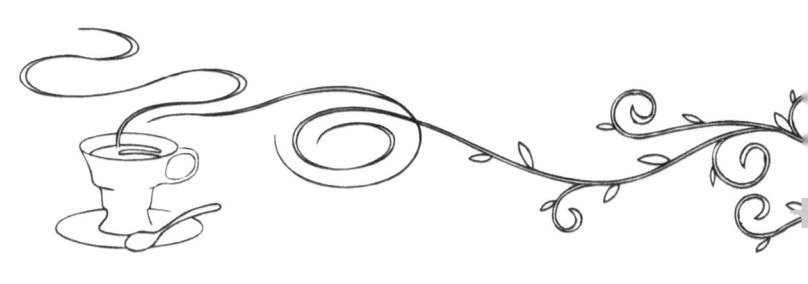

ティーショップ

「物語？」ウエイターが椅子におちつくと、グレタは訊き返した。

「はい。このお茶には物語が付いております。あなたは物語でできたお茶をご注文になった。そうですよね？」

　グレタはまさかこういう趣向だとは思ってもいなかったといいたかったが、そういってしまうと、自分がなにを注文したのかもわからない無知な客みたいだし、いっそう困惑する羽目になりそうだ。このあとどういう展開になるのか見当もつかないが、いまさら逃げ出すわけにもいかない。旅先での気まぐれな出来心がなにをもたらすのか、それを見届けるしかあるまい。

「そのとおりです」グレタはうなずいた。

　ウエイターは舞台に登場する前の役者のように、コホンと軽く咳払いしてから口を開いた。

「三十三回目の処刑まで、処刑人はとどこおりなく任務を遂行しておりました。彼の家系は、六代にわたってこの責任ある職務を引き継いできた由緒ある処刑人だったのでございます。代々の一族のなかで、これまでこの仕事に不平不満をもった者はひとりとしていませんでした。社会が激変した激動の時代には、一族の献身的かつ勤勉な職務遂行を称えて勲章が授けられたぐらいでございます。また、ときとして、処刑された者の家族から、愛する者が最小の苦痛しか感じないほどみごとな手並みで、あの世に送られたことを感謝する手紙が届くこともございました。

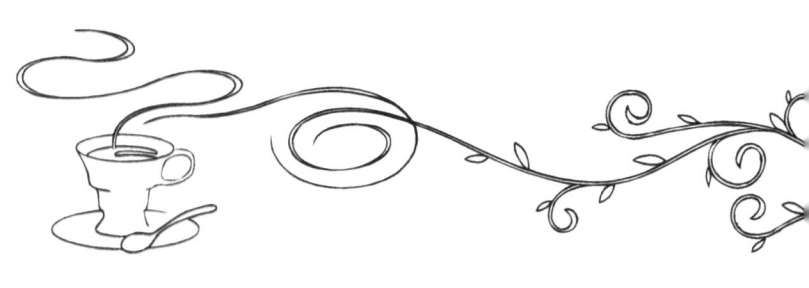

この名家という大木のいちばん若い枝が、なぜ突然に栄光ある伝統を断ち切ろうと決意したのか、その理由は謎のヴェールにつつまれております。本人が説明を拒んだため、理由は推測するしかございません。最後の処刑が、彼の選択になんらかの影響を与えたのではないかと思われるふしがあります。もっとも、最後に処刑した人物に特別な影響を受けたわけではありませ

ん。彼が最後に処刑したのは、無慈悲にも十一人の司書を殺害した、童顔の冷血な連続殺人犯でした。この男は被害者を殺す前に、自分はダイビングスーツを身に着け、被害者にむりやりに消防服を着せてから古代の叙事詩の抜粋を読ませ、そのかたわらでハープを奏でていたようなひとでなしでしたから。

また、処刑人が最近、白クマのこどもたちを守る団体に加わったことが影響して、仕事をやめようと決めたのではないかという推測もございます。つまり、そのせいで、処刑人を腕のいい処刑人たらしめている冷酷非情さが影をひそめてしまったのではないだろうか、と。ですが、動物に対する思いやりが人間に対する思いやりにつながることはない、というのは周知の事実です。猫や犬、馬やオウムやワニに対してやさしい気持を抱いたことを忘れずにいる人間たちの背後に、往々にして血ぬられた道が残っているではございませんか。

それはともかく、処刑人は健康そのものだったのに、山あいの結核療養施設《サナトリウム》に入ってしまいました。そして、めずらしい高山植物の収集を始めたのです。サナトリウムの看護師長はアマチュアながら、植物学者といってもいいほど植物の知識があったので、彼の手伝いをしてやりました。非番のときには、彼とともに山に登り、峠を越えて足をのばし、コレクションに加えるべく、多種多数の植物を採取したのです。

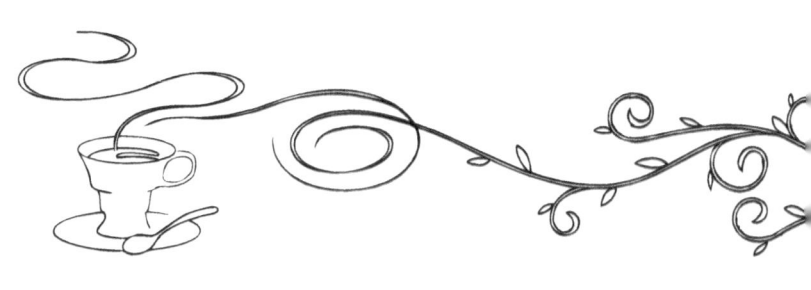

自然と、サナトリウムでは、ふたりの仲にロマンチックな彩りがほどこされ、噂になりましたが、ふたりはまったく気にとめず、みんなの前では患者と看護師長という立場から逸脱するそぶりすら見せず、噂を裏づけることはありませんでした。

もちろん、サナトリウムの医師や患者たちの目が届かないところで、ふたりのあいだになにかあったのかどうか、確かなことはわかりません。もしなにかあったとしても、規律の厳しい病院にふさわしく、つつしみぶかいものだったでしょう。いずれは恋人同士になったかもしれない男女の仲を裂く、不幸な事件が起こらなかったら、すべてが明らかになったかもしれません。

そのサナトリウムの入院患者のひとり、退職した鉱山地質学の教授は、病気が完治する見こみはなく、余命が数週間しかないことを知ったとき、小学生のころから集めてきた膨大な量のナプキンのコレクションがどうなるか、心配でたまらなくなりました。教授には後継ぎがいないので、コレクションを遺せる者もいません。そこで、教授は無償でコレクションを寄贈するだけではなく、保管・維持のためにかなりの額の金を付けるという申し出の手紙を、あちこちの博物館に送りました。しかし、ほとんど返事はありませんでした。あったとしても、まったく無関心だったり、嘲笑じみているというありさまで、教授はいたく傷つきました。

失意のあまり心がこわれてしまった教授は、結果も斟酌《しんしゃく》せずに、病室のまんなかに大量のナプキンを積みあげ、火を放ったのです。火は激しく燃えあがり、またたくまに両隣の病室に燃え広がり、炎はそのフロアをつつみこみ、果てはサナトリウム全体を呑みこみました。このサナトリウムは古い建物だったので、火災警報装置が備えられていませんでした。混沌たる騒ぎのなかで、人々は無力な患者たちの救出に集中し、病人とはいえない元処刑人に目を向ける者はほとんどいませんでした。

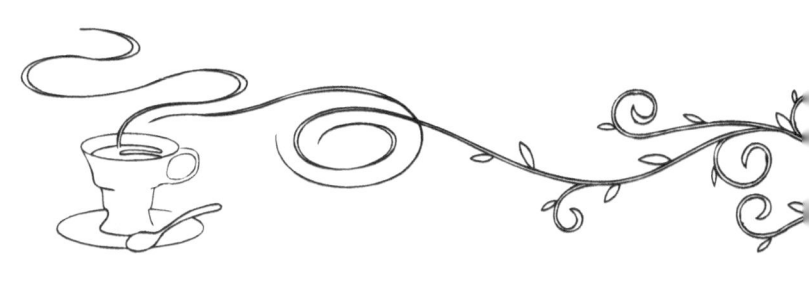

したがって、元処刑人が燃えさかる建物に駆けこんでいくのを、誰にも止めることはできませんでした。奇跡としかいいようがないのですが、彼は炎をものともせずに一階の自分の病室にたどりつくと、こわれた窓から、ふたつ折りの紙にはさんである植物標本の束を抱えあげては外に放りだしました。逃げろと叫ぶ人々や、けがを覚悟で救出に駆けつけようとした人々もい

ましたが、元処刑人はそれを無視し、四方八方から炎が迫ってきているにもかかわらず、残りの標本を救出すべく、病室の奥に引き返したのです。

それ以降、窓から植物標本が放りだされることはなく、元処刑人も二度と姿を見せませんでした。サナトリウムは全焼してしまいました。黒こげになった焼け跡から、八人が遺体でみつかりました。しかし、行方不明者は九名。多大な苦労のあげく、ようやく焼死体の身元が確認され、痕跡も残さずに消えたのは、元処刑人であることが判明しました。元処刑人は骨まで炎に焼きつくされたものと判断され、公式には死亡と発表されたのでございます」

物語が終わり、ウエイターは軽く頭をさげた。グレタは思わず拍手しそうになったが、かろうじてこらえ、ウエイターのおじぎに微笑で応えた。じつにまさに、グレタがいちばん好きなタイプの物語だった——ロマンチックで謎めいた物語。正直なところ、暴力的な色合いが濃すぎる点は、彼女好みとはいえない。主人公は処刑人ではないほうがよかったし、火事で死んだ人の数も多すぎるが、文句をいうほどではない。しょせん、物語なのだから。

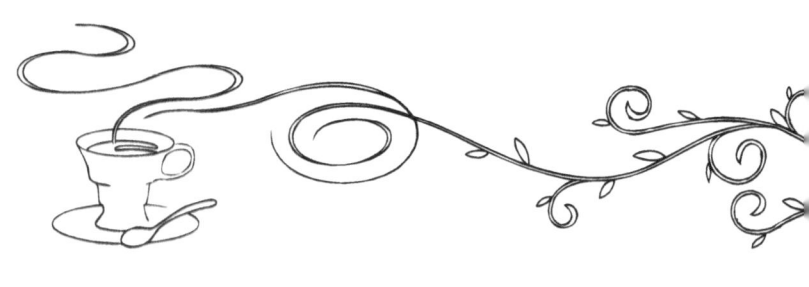

グレタは、もはや〝物語のお茶〟を注文したことを後悔していなかった。おいしいお茶によくできた物語を添えて供するとは、なんとすばらしい、卓抜なアイディアだろう。ひとつだけ残念なのは、物語が短かかったことだ。もう一杯追加注文したら、どうなるのだろう？　一杯ごとに、ウエイターが新しい物語を聞かせてくれるのだろうか？　いや、まず、目の前のお茶を飲んでしまうのが礼儀というものだ。物語を聞いているあいだに、冷めてしまっただろうが。

グレタはカップを持ちあげ、お茶を飲んだ。驚いたことに、お茶はまだ熱かった。

「これはすばらしい」グレタがカップを受け皿にもどすと、ウエイターがいった。「では、つづけましょう」

そういっておきながら、ウエイターはすっと立ちあがり、カウンターにもどった。その途中、レジ係の女性とすれちがった。レジ係はグレタのテーブルに向かうところだった。これまたグレタの許しも乞わず、背の高いレジ係はウエイターがすわっていた肘掛け椅子に腰をおろした。そしてベストの胸ポケットから緑色のハンカチを取りだすと、メガネをはずしてレンズを拭きはじめた。メガネをはずしたせいで、彼女の栗色の目が少し小さくなったように見える。メガネをかけなおしたレジ係は、すぐに口を開こうとはしなかった。まるでグレタの心のなかまで見透かすように、じっと彼女をみつめた。そしておもむろに話しだした。

「サナトリウムの惨事のあと、看護師長は仕事をやめることにしました。火のなかから患者たちを救出したことで表彰され、あちこちの病院からいくつも魅力的な引き合いがきたのですが、彼女の決意は変わりませんでした。そして数週間、世間から姿を隠したあと、もどってきたときは、別人になっていました。すっかり変身していたのです。カラスの濡れ羽色だった黒い髪はブロンドに、地味でかっちりした仕立ての黒っぽい服はあざやかな色の革のスーツに、そして、しとやかでおだやかだった態度が、きつく、ぶっきらぼうに変わっていたのです。

でも、なによりも驚かされたのは、彼女が新たに選んだ職業でした。アクロバティックな敏捷さと勇気が売り物の、スタントウーマンになっていたのです。これは彼女をよく知っているひとたちでさえ、想像もできない変身ぶりでした。元看護師長は危険きわまりない契約を剛胆にこなし、じきに高名な映画監督から出演依頼がくるようになりました。こうして彼女には輝かしい前途が開けていたのですが、それを断念するしかない事件が起こりました。

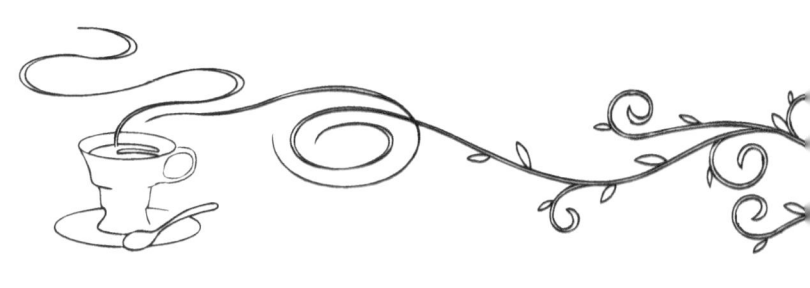

そのときの仕事は、ふたりのスタントといっしょに、ゴムボートで滝から落ちるという危険なものでした。ありとあらゆる防護装置がほどこされ、こまかいチェックがおこなわれましたが、本番のさなかに、防護ケーブルが切れてしまったのです。ゴムボートは安全に引きもどされることなく、三人のスタントを乗せたまま滝を落ち、下の岩にたたきつけられました。でも、どういうわけか奇跡が起こり、元看護師長はひっかき傷程度の軽い傷をいくつか負っただけで、ただひとり、生き残ったのです。

警察の捜査の結果、事故だと思われていたのが、じつはそうではなかったことが判明しました。ケーブルは自然に切れたのではなく、人為的に切られていたのです。亡くなったスタントのふたりには動機があることがわかりましたが、けっきょく、誰の犯行なのか、わかりませんでした。その事件の裏には、男女の愛憎のもつれがあったのです。男は新しいスタントウーマンに

恋をして、彼女にてきびしくふられていたのですが、男を命がけで愛していたもうひとりのスタントウーマンは、新しいスタントウーマンに男を奪われたと思いこみ、嫉妬にくるっていたのです。

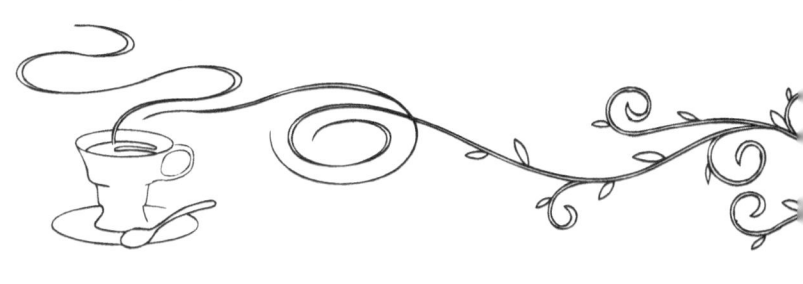

元看護士師長はスタントウーマンをやめて、またもや長期間、世間から姿を消し、またもや変身を遂げてもどってきました。今度は、ブロンドの髪は赤に、革のスーツは軽快なスポーツ服に変わり、態度もまたそれにふさわしいものになっていました。陽気でコケティッシュな女になっていたのです。そして新しく選んだ職業もまた驚きでした。旅まわりのサーカスの団員になっていたのです。

最初、元スタントウーマン（元看護師長）はかぞえきれないほど多くの雑用をこなしました。本の管理や訓練された動物たちの世話をしたり、ピエロの顔をこしらえたり。新規に入団したふたり組の奇術師がアシスタントを必要としなかったら、元スタントウーマンはそのまま雑用係をつづけていたでしょう。ふたりの奇術師は兄と妹だというふれこみでしたが、態度からいって、どうもそうは見えません。これみよがしといってもいいほど仲がよく、なにかというと手をつないだりしたため、なにかわけありの恋人同士か、ひょっとすると近親相姦的な関係にあるのではないかという、下卑た噂が広がりました。でも、ふたりのショウがヒットするようになると、誰もそんなことを口にしなくなりました。

奇術のショウはたいしたものでしたが、なかでも、元スタントウーマンのアシスタントが加わった演《だ》し物《もの》は拍手喝采をあびました。その演し物というのは――リングの中央に、水をいっぱいに満たした、棺のようなガラスの箱が置かれ、トルコ青の水着姿のアシスタントが、深く息を吸ってからその箱の中に入ります。ふたりの奇術師は箱の蓋を閉じ、大きな南京錠をかけ、箱

の上にトルコ青の布をふわっと投げかけます。つづいて数秒のあいだ、期待と緊張をあおるような音楽が流れ、観客は目も心も箱に惹きつけられます。観客の期待が最高潮に達し、待ちきれなくなる、まさにその瞬間に、布が取りはらわれます。箱にはちゃんと南京錠がかかっていますが、なんと、中はからっぽ。間髪入れず、トランペットのファンファーレが鳴り響き、幕のうしろからアシスタントがリングに走りこんできて、観客の拍手喝采に応《こた》えます。体はまったく濡れていません。

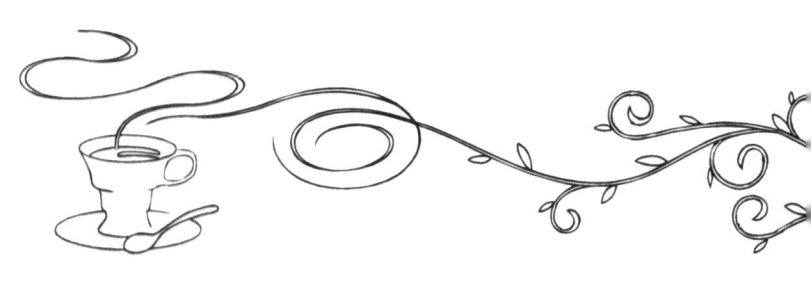

　このショウが十七回おこなわれたあと、残念なことに、ふたり組の若い奇術師のショウはプログラムからはずされました。とある不可解なことが起こったために、ふたりの奇術師は退団せざるをえなくなったのです。ふたりがいなくなると、そういえば、あの不可解な出来事は、その少し前にあの兄妹の仲が急に冷ややかになったことと関係があるのではないかという噂が立

ちました。ふたりは手をつなぐこともしなくなり、低い声でけんかをしていることもあったというのです。兄が目に涙をうかべていたのを見たという者もいました。でも、そういう噂は信用できるものではありません。

じつは、十七回目のショウのときに、いつもと異なることがあったのです。ファンファーレが鳴り響いても、幕のうしろからアシスタントが出てきませんでした。誰もが驚くなか、ふたりの奇術師だけは驚いていませんでした。なにもかも順調で完璧といわんばかりに冷静そのものでした。もう一度ファンファーレが鳴り響きましたが、やはり、アシスタントは出てきません。観客が結末を知らなければ、こういう終わりかたなのだと納得し、この演し物が失敗したことはわからずにすんだかもしれません。ですが、この演し物のことは評判になっていたので、観客は結末を知っていました。アシスタントが棺のようなガラスの箱から謎の消失を遂げたことは、確かに、それ自体が

衝撃的でしたが、最後にアシスタントが姿を見せなかったために、観客が騒ぎだし、抗議の口笛やら野次やらで収拾がつかなくなってしまいました。サーカスとしては、残りのプログラムを進行させるどころではなく、そこで打ち切りにするしかありませんでした。

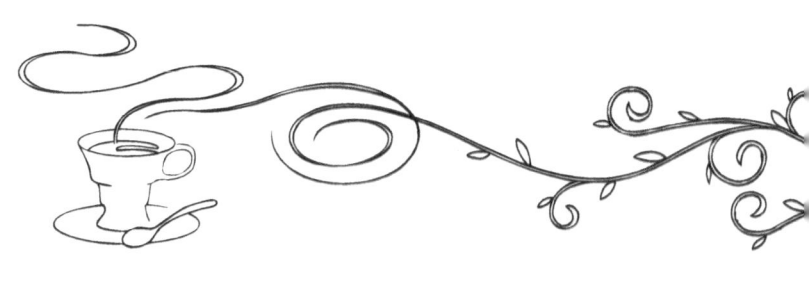

観客を帰してしまうと、団員たちは手分けしてアシスタントを捜しましたが、彼女はみつかりませんでした。大地に呑みこまれたかのように、きれいさっぱり消えてしまったのです。奇術師の兄妹はみんなに質問攻めにされましたが、アシスタントがどうなったか知らないといいはりました——今回の不愉快な出来事に、自分たちはなにも関与していない、彼女はアシスタントという補助的な役割に満足できなくなり、サーカスをやめることにしたのだろう、と。

サーカス団長の頭には警察に届けでるという考えも浮かびましたが、警察に連絡すれば、もっとたいへんなゴタゴタに巻きこまれてしまうだけだと思い直し、警察に届けるのはやめてしまいました。団長の耳には、まだ観客の抗議の口笛が聞こえていたのです。警察がこの件でサーカスを調べはじめたら、観客はひとりも来なくなってしまうでしょう。それに、どちらにしても、警察の捜査を必要とするような犯罪が起こったわけではありません。誰だって、サーカスをやめたくなったら、いつでもやめられる権利をもっているのです。けっきょく、奇術師の兄妹は一座から去るしかありませんでした。サーカスは花形のショウを失いましたが、それは当然支払われるべき代償だったのです」

　語り終えると、レジ係はウエイターと同じように軽く頭をさげた。グレタは、今回は拍手した。両の手のひらが触れるか触れないか程度の、ほとんど音が出ない拍手だったが。今回の物語は、グレタのために作られたような話だっ

た。過度に暴力的なシーンもなく、ロマンチックで謎がたっぷり。確かに、スタントのエピソードではふたり死んだが、それは必然的な話の流れだったと思う。なんらかの慰めがあるとすれば、そのふたりは〝愛〟ゆえに死んだのだという点だ。サーカスのエピソードも、背景にあるのは〝愛〟だ。グレタの胸のうちは、奇術師の兄妹のことをもっと知りたいという好奇心でいっぱいだった。もちろん、アシスタントの身になにが起こったのかも知りたい。レジ係は語り終わってもまだ席を立たずにいるので、グレタは話をつづけてほしいとたのんでみようかと思った。ウエイターの物語の最後とレジ係の物語の最初がつながっていたことから、今回の物語も続きがあるにちがいない。

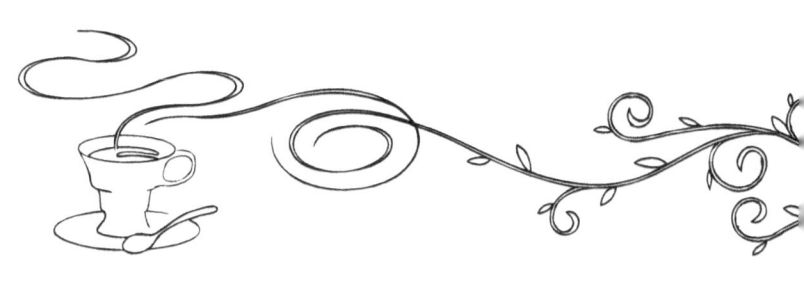

しかしそのとき、グレタは、前回は新たな話を聞かせてくれとたのんだりする必要がなかったことを思い出した。自分の勘違いでなければ、新しい物語を聞かせてもらうにはお茶をひとくち飲めばいい。おそらく、それでうま

くいくはずだ。だめでもともとだ。どちらにしろ、お茶はまだ残っている。

お茶をすすりながら、グレタは次は誰が語ってくれるのだろうと思った。たぶん、ウエイターだろう。客が〝物語のお茶〟を飲みほしてしまうまで、ウエイターとレジ係が交互に語るというのが、いちばんやりやすいだろう。ふたりとも長い興行に慣れているプロの役者ではないが、拍手を受けるだけの資格はある。語り部としての技術に長《た》け、やすやすと聞き手を物語に引きこむことができる。何度もくりかえし語っているうちに、語り部としての技術を会得したにちがいない。きっと、このティーショップでは、〝物語のお茶〟を注文する客がいちばん多いのだろう。

しかし、レジ係はもう一度軽くおじぎをすると、さっさとレジ台にもどってしまった。その後の展開に、グレタはまたまた驚いてしまった。ウエイターではなく、窓ぎわのテーブルにいた若いカップルがやってきたからだ。グレタは目を丸くしてカップルをみつめた。若い男女はにこにこ笑いながら、なにもいわずに肘掛け椅子に腰をおろした。この思いもよらない展開にグレタの頭がついていかないうちに、男のほうが語りはじめた。

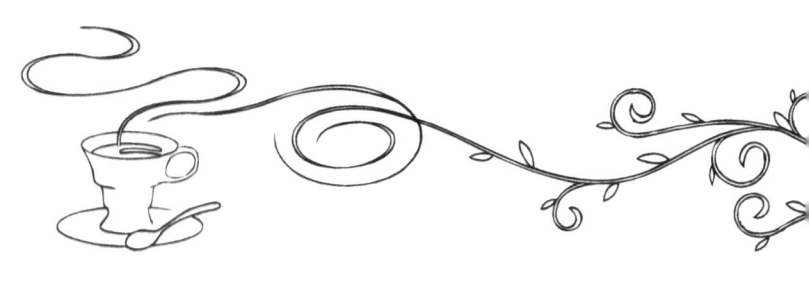

「サーカスを去ったあと、ふたりの奇術師はコンビを解消しました。兄のほうは豪華な客船のコックの職をみつけました。南洋の海をクルーズしているとき、元奇術師は若くて金持の寡婦と出会いました。彼女の夫は悪名高い武器商人だったのですが、ある日、どこからともなく飛んできたゴルフボールにこめかみを直撃されて亡くなったんです。しばらくのあいだ、タブロイド新聞は、あれは事故ではなく、なんらかの陰謀によるもので、じきに真相が明らかになると、憶測たくましくにぎやかに書きたてたものです。

　元奇術師のコックは、マッシュルーム、イチジク、それにカタツムリでこしらえた特製スープで、金持の寡婦の注意を惹きました。これは古いレシピで、催淫効果があるといわれていました。寡婦はコックに会いたがりました。彼女のもとに参上したコックは、ひとめで彼女に心を奪われました。寡婦は寡婦で、その後もなにやかやと口実をもうけてはコックと会いました。そしていつも、たとえなんの理由がないときでさえ、多額のチップを渡したんです。

寡婦はコックを自分の客室《キャビン》に連れこもうと手をつくしたんですが、思いどおりにはなりません。船の乗組員《クルー》は乗客と親密な交際をすることはきびしく禁じられていたし、客室に入ることは特に重大な規則違反になるとみなされていたからです。それにもかかわらず、クルーズが終わる前々日の夜、寡婦は狡猾さとアルコールのおかげで、ついにコックをキャビンに連れこむことに成功しました。コックは酒を飲みなれていなかったんです。

その夜、寡婦のキャビンでなにが起こったか、確かなことを知る者はひとりもいません。朝になって担当のメイドがキャビンに入ると、コックは高いびきで床に寝ていて、寡婦はベッドで死んでいました。船医の診断では寡婦は心臓麻痺で死亡したのであり、コックにはなんの責任もないということでした。しかし、たとえ寡婦の死に責任はなくても、コックは即座にくびになり、次の寄港地で下船させられました」

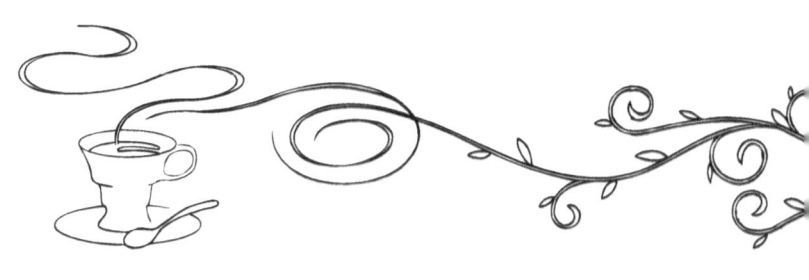

そこまで語ると、若い男は連れの女のほうを向いてうなずいた。若い女はうなずき返し、話の続きを語りはじめた。

「サーカスを去ったあと、奇術師だった妹は美術館の修復師として働きはじめました。そしてまもなく、女たらしと悪評のある主任に目をつけられました。主任は過去に四度の離婚歴と七人の娘がありましたが、そればかりか、かぞえきれないほどの女遍歴の持ち主でした。でも、それを悔いて、新たな紛糾の種を避けるような性格ではなかったんです。もはや色気づいた青二才とはいえない歳だというのに。

ティーショップ

修復師（元奇術師）は主任の誘いを冷たく拒絶しましたが、それは主任の征服欲をあおっただけでした。でも、けっきょく、望みがかないそうにないことがわかると、主任は腹いせに最後の手段に訴えることにしました。修復師の仕事ぶりがプロの水準に達しないといって責め、自分の欲望を満たしてくれないかぎり、おまえをくびにするといって脅したのです。

それに対し、修復師はある発見をした、この発見で彼女のプロとしての腕が証明されるだけではなく、彼女の名声も高まるはずだといって、主任に反論しました。〝発見〟とは、ルネッサンス後期の絵画の修復をおこなっているさいに、パリンプセスト、すなわち、絵の下にもうひとつ絵が描かれていることがわかったというのです。下の絵は、中世の終わりごろに永遠に失われたと思われていた、とある巨匠のかなり古い作品だというのです。修復師はまだ誰にも見せたことのない下の絵を、主任に見せてあげるといいました。

修復師のことばを疑うこともせず、主任は大急ぎでその絵を見に駆けつけながら、世紀の大発見をいかに自分の手柄にするか、頭のなかであれこれと画策していました。しかし、主任はその絵を見たとたん、立ちすくみました。それは地獄を描いた絵でした。巨大な悪魔がさもうれしげに、淫乱放蕩の人生を送ってきた罪人を引き裂いているではありませんか。罪人の顔をよくよく見てみると、鏡をのぞきこんでいるような気がしました。どういう奇跡なのか、中世の巨匠の描いた罪人の顔は、主任の顔にそっくりだったのです。

その瞬間、主任のなかでなにかがこわれました。罪もない修復師をくびにするかわりに、主任は即刻辞表を提出して、じきに人里離れた修道院に入り、世俗のあらゆる歓楽と縁を切り、それまでとはうってかわった、禁欲に明け暮れる生活をおくることになりました。修道僧たちの鑑ともいえるほど真摯に苦行を勤めたのです。

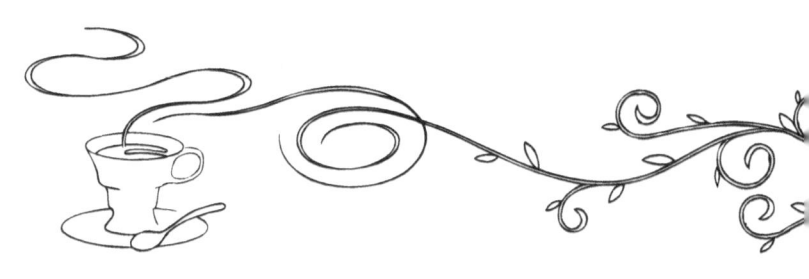

修復師は手腕を認められ、主任の地位を提示されましたが、彼女は理由も説明せずにそれを断り、美術館もやめてしまいました」

ここで若い女と若い男はふたたびうなずきあい、若い男があとをつづけた。

「船の元コック（元奇術師）は、港で事件に巻きこまれました。場末のうらぶれた居酒屋《タヴァーン》でひとりテーブルについていたとき、酔っぱらった水兵の一団が騒々しく店になだれこんできたのです。水兵たちはほかの客たちにからみ、きれいで内気な酒場女を執拗にからかいました。彼女に汚いことばをあびせ、つねったりさわったりしたあげく、なかでもひときわ粗暴で傲慢な水兵が彼女の手を乱暴に引っぱって、膝の上に抱きかかえてしまいました。そしてむりやりキスしようとしたのです。元コックはそれ以上知らん顔をしていることができなくなりました。かわいそうな酒場女を助けてやろうと立ちあがったのです。

あっというまに乱闘が始まりました。こぶしが振りあげられ、ジョッキや椅子が飛び、何丁ものナイフの刃がひらめきます。ようやく騒ぎがおさまったときは、例の粗暴で傲慢な水兵が腹を刺されて床にころがり、断末魔の苦痛にのたうっているだけで、ほかの者たちは全員逃げ出して、いなくなっていました。酒場女は恐れおののきながらも、自分を救ってくれた男、二の腕から血を流している元コックに、早く逃げてくれ、なんなら店の二階の自分の部屋にかくまってあげるともいいましたが、元コックはそれを断り、警察がくるのを待ちました。

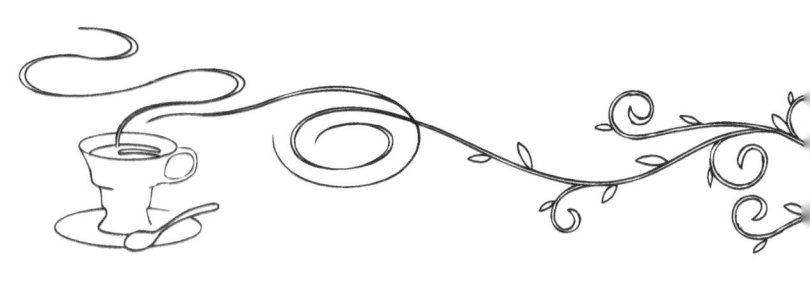

裁判で、タヴァーンでの乱闘を目撃していた酒場女やほかの従業員たちは元コックの弁護に努めたんですが、彼は殺人で有罪となり、十二年と六カ月の重労働を課されてしまいました。元コックが投獄された房には、初老の服役囚がいました。その服役囚はほぼ四半世紀の刑期を終えて、まもなく出所

することになっていました。この男は激情による罪で服役したのです。いちばん仲のいい友人と自分の妻がベッドにいるところをみつけ、目もくらむほどの憤怒に駆られてクロスボウで射てしまい、一本の矢で、同時にふたりを殺してしまったのです。

初老の男は読書家でした。若い元コックも博学を誇っていたので、ふたりは何時間も活発な会話を楽しみ、たがいに相手の知識と機知に驚嘆しました。出所する日がまぢかにせまったとき、初老の男は最後の同房者を心底信用していたので、かつて誰にもいったことのない秘密を打ち明けることにしました。

刑務所の図書室は、驚くほど蔵書がそろっていて、稀覯書すら数冊ありました。初老の男は奇妙な信頼感をもって、元コックに、とある秘密の世界のことが書かれた書物をみつけたことを打ち明けたのです。その書物によると、思考ができる生きものはすべて、宇宙の膨大な頭脳の一細胞にすぎず、各自

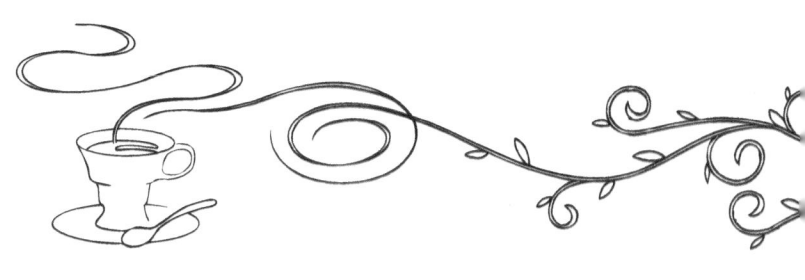

が存在する意義を理解するために奮闘しているのだというんです。

元コックはその話に強く惹きつけられ、一刻も早くその本を読みたいと思いました。でも、残念なことに、それは不可能だったんです。初老の男が返却したあと、その本が図書室から消えたばかりか、カード式の目録からも書名が消え、その本の存在そのものが消滅してしまったというのです。

でも、幸いなことに、初老の男は写真的記憶力の持ち主だったので、宇宙精神とつながるための複雑で危険な儀式をはじめ、本の内容を精確に元コックに伝えることができました。その儀式に耐えられた者には、すばらしい可能性が開けます。というのも、その儀式によって聖なる能力を獲得するからです。

初老の男は少し渋りながらも、自分も一度その儀式をやろうとしたけれど、勇気がなくて、始める寸前でやめてしまったことを認めました。そして同房の若い服役囚に、それだけの勇気と覚悟をもっているかと尋ねると、元コックは一瞬もためらわず、もっていると答えました。

次の朝、看守たちが初老の男を釈放しようと房までやってきたとき、男は恐怖におののいてベッドの隅に腰かけ、頭を振りながら、なにやら意味不明のことをつぶやいていました。その目に理性の光はなく、両手はぶるぶると震えています。もうひとりの囚人はどこにもいませんでした。消えてしまったのです。その房で夜中になにが起こったのか、誰も知ることはできませんでした。心神喪失状態の初老の男は、釈放されて自由の身になるかわりに、別の房に閉じこめられることになりました。精神を病んだ者たちの施設の房に」

語り終えると、若い男はグレタに軽く頭をさげたが、グレタがおじぎを返す暇はなかった。すぐに若い女が続きを語りはじめたからだ。

「美術館を去ると、元修復師（元奇術師）は考古学の調査隊に加わりました。ジャングルで知られざる古代文明の遺跡、寺院の廃墟が発見されたので、それを調べにいくのです。調査チームを率いていたのは著名な考古学の教授でした。学者としても優秀な、背の高い教授は髪に白いものがまじっていますが、それが逆に魅力となっていました。たちまち元修復師は教授に恋をしましたが、教授には妻がいるので、恋心を隠さなければなりませんでした。教授夫人もまた優れた学者で、花の盛りを過ぎたとはいえ、いまだに美しい女性でした。

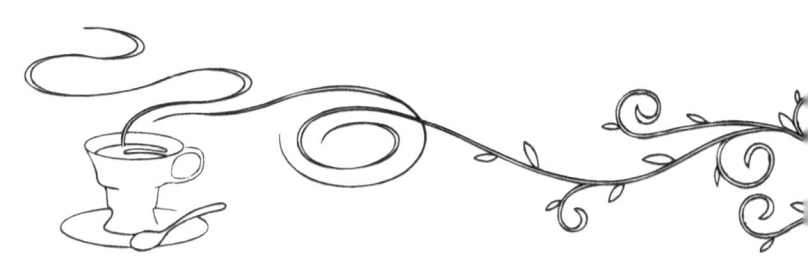

その一方で、これは誰の目にも明らかでしたが、教授のふたりの助手は元修復師に心を奪われました。そのままでいけば、ふたりの競争心がどういう結果を招くことになったかわかりません。でも、間一髪のところで山刀《マチェーテ》での決闘は避けられたのです。あやういところで、さらに重大な発見があったおかげで、ふたりの恋に痛む心はわきに押しやられてしまいました。

廃墟となっている寺院の下に、貴重なお宝でいっぱいの網の目状の地下通路がみつかったのです。そのうえ、壁は未知の象形文字で埋まっていました。

調査隊のメンバーは熱狂して各自の仕事に励みましたが、それは長くつづきませんでした。チームの三人の男が謎の病気にかかってしまったからです。三人とも体の震え、高熱、体力の消耗、嘔吐という症状に苦しみました。地下通路のよどんだ空気に含まれたなにかが、男たちだけに病気をもたらしたのです。発掘作業を中止して、病人を早急に病院に搬送するしかありません。

譫妄状態の教授はふたりの女性に、これは古代の呪いだ、発掘をやめろ、といいましたが、教授夫人も元修復師もそれを聞かず、最後のチャンスと思い定めて、救助のヘリコプターが到着する前に、もう一度寺院の下にもぐってみることにしました。ふたりが地下通路にたどりついたとたん、周囲の壁が揺れ、崩壊しはじめました。強い地震かと思われたのですが、あとになって、その揺れは自然のものではなかったことが判明しました。ふたりの女性は必死に出口に向かいましたが、助かったのは夫人だけでした。

多少なりともショックから回復すると、夫人は夫に、地下通路で起こったことを話しました。夫人も元修復師も助かるはずだったのですが、ふたりがやっとのことで階段までもどったとき、背後の混沌とした地下通路の中に目もくらむような強い閃光が走ったのです。一瞬、夫人は目が見えなくなりました。そしてふたたび見えるようになった目に映ったのは、地下通路を進んでいく元修復師のうしろ姿でした。地下通路がいつ崩落してもおかしくない状況だったので、夫人は大声でもどってくるように呼びかけましたが、元修復師はふりかえりもしません。夫人は叫びつづけました。夫人が両手を前にのばして叫んでいるようすは、呪いを投げかけているようでもありました。そうこうするうちに、周囲の花崗岩の壁が、まるで漆喰でできているかのように、全面がひび割れてきたため、夫人には元修復師を連れもどしにいく時

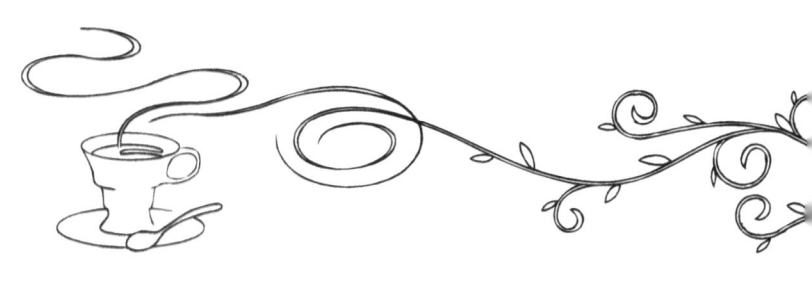

間がなくなってしまいました。夫人自身、かろうじて地上に出られたぐらいだったのです」

語り終えると、若い男と同じように若い女も軽く頭をさげた。今度こそグレタはためらうことなく拍手した。ティーショップの静けさを乱すことになるのもかまわずに。グレタとしては、なんとかして感動を表わしたかったのだ。拍手を受け、若いカップルはそろってもう一度軽く頭をさげた。前に聞いたふたつの物語もすばらしかったが、今回の物語はそれを上回っている。ことに若い女が語ってくれた物語は、情熱と緊張と謎に満ちていた。それにくらべると、若い男が語ってくれた刑務所のエピソードは、あまり好きになれなかった。おもしろいことはおもしろかったが、女性がひとりも登場しないことに失望したのだ。もちろん、男が収監されている刑務所に女を登場させるのは、じつにむずかしいことだとわかってはいたが。その点、タヴァー

ンのエピソードはあらゆる点で完璧だった。

物語そのものが秀逸だというばかりか、語り手は語るたびにインスピレーションを鼓舞されてきたにちがいない。グレタはてっきりそうだと思いこんでいたが、若いカップルはこのティーショップの常連客だというだけではないのだろう。おそらくプロの俳優なのだ。それも、達者な。ひとりが語り終えたところから語り継ぎ、あたかも我が身に起きた出来事のように、説得力をもって、しかも巧みに表現できるのは、プロの俳優にしかできないことだ。グレタはもう一度拍手したくなった——思いもしなかったことに気づいたからだ〝物語のお茶〟を注文する客がいつ来るかわからないのに、それを待って、ふたりの俳優を待機させておくとは。

そのとき、ふとあることに思いいたり、グレタは体をこわばらせた。注文するときに、お茶の料金に注意を払わなかったことを思い出したのだ。そん

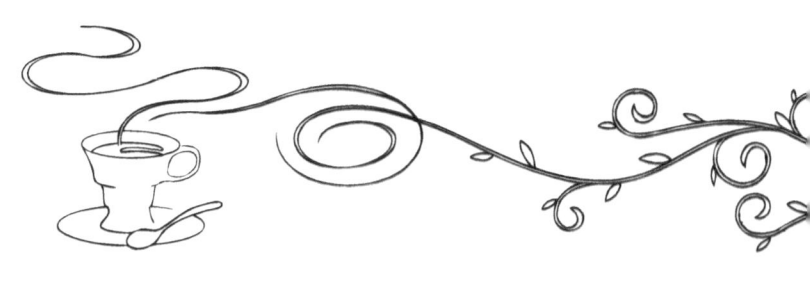

な必要があるとは考えもしなかったからだ。一杯のお茶がそれほど高いはずはない。だが、このお茶が安いわけはない。おそらくウエイターとレジ係の物語は無料だろうが、ふたりの俳優のぶんは金がかかるに決まっている。報酬なしで演じたり、パフォーマンスをするまで待ち時間をつぶしたり、プロならそんなことはしないのではないだろうか？

テーブルについているのは自分ひとりではなかったが、不安と当惑を抑えきれず、グレタはそそくさとメニューを開いた。なにをしようとしているのか、にこやかな笑みをたたえてこちらを見ている若いカップルにわからなければいいのだが。

グレタはメニューの四ページ目を大急ぎで見た。そして安堵すると同時に狼狽した。〝物語のお茶〟だけ料金が書かれていなかったのだ。

メニューを閉じたグレタは、自分でも驚いたことに、いつのまにか両手でカップを持ちあげ、残っていたお茶を飲みほしていた。お茶は緑色が濃くなり、ぬるくなっていたが、不思議なことに香りも味も変わっていなかった。それどころか、新たな風味が加わったような気がする。グレタがカップをおろすと、若いカップルは最後にもう一度おじぎをして、窓ぎわの席にもどっていった。

お茶に付いている物語が、お茶を飲みほした時点で終わりになるのかどうか、グレタにはわからなかった。しかし、これきりでは、なんとなく中途半端な気がする。ウエイターかレジ係のどちらかが再度語ってくれるのか、それともふたりいっしょに語ってくれるのか。そうであっても驚くにはあたらない。

しかし、じっさいには、予想もしなかったことが起こった。新たなカップルがグレタのテーブルに近づいてきたのだ。ネイヴィーブルーのスーツを着た女性客と、新聞を読みふけっていた初老の男性客が。

ティーショップ

グレタのテーブルまでくると、男性客はおじぎをした。女性客はほほえんだ。そしてふたりとも肘掛け椅子に腰をおろした。前置きも自己紹介もなく、すぐさま女性客が語りはじめた。

「考古学の教授の妻は、夫が謎の病気から回復すると、まもなく彼のもとを離《さ》りました。病気のせいで、夫が以前とは変わってしまったからです。夫人が最後に地下通路に降りていったときに起こった事故のことで、夫はしょっちゅう妻を責めました。古代文明の遺跡である寺院が消失してしまったことよりも、助手であった元修復師を失ったことのほうを惜しんでいるようでした。夫人は二重に裏切られた気がしました——妻として、学者として。

元教授夫人は考古学を投げ捨て、世界じゅうにメンバーを送って不幸な人々を助けている慈善団体に加入しました。彼女の最初の赴任先は、飢餓と伝染病が蔓延する砂漠地帯でした。そこで若い伝道師と出会ったのです。伝道師は元教授夫人が苛酷な環境に慣れるよう、なにくれとなくめんどうをみてくれました。くる日もくる日も、無私無欲な伝道師といっしょに働くうちに、元教授夫人は、息子といってもいい年齢の伝道師に惹かれていきました。

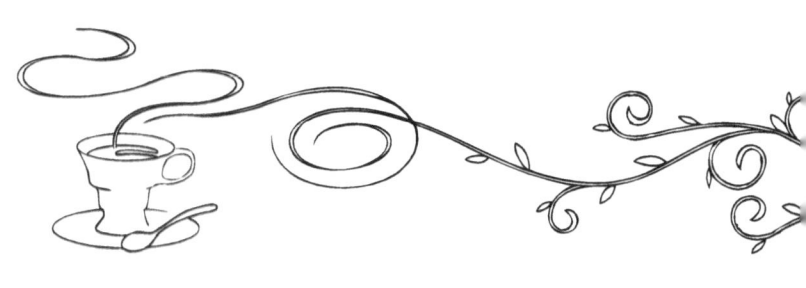

もちろん、もしこの若い伝道師が病に倒れなければ、元教授夫人は恋心を胸に秘めたままにしていたでしょう。病気はどんどん進行していきます。やがて視力が失われ、次いで死に至るのです。その事実を認識した伝道師は、病院に行くことを拒み、最期まで伝道師として残ることを希望しました。元教授夫人はかたときも伝道師のそばを離れませんでした。ことに、彼が視力を失ってからは。そして彼の死期が迫ると、ついに恋心を打ち明けたのです。

ですが、彼はそれを信じませんでした。自分が死にかけているから、哀れに思っているだけだというのです。絶望した元教授夫人は、自分の愛を証明するために、自分も病気になろうとまで思いつめましたが、伝道師の死があまりに早かったため、その覚悟もむだになりました。伝道師は彼女の愛を受け容れることなく、彼女の腕のなかで息絶えたのです。元教授夫人は悲しみにうちひしがれて帰国しました」

そこでネイヴィーブルーのスーツの女性客は口を閉ざしたが、間髪入れず、すぐさま初老の男性客が話の糸を受け継いだ。

「元囚人が釈放される代わりに精神病院に移されてから、三カ月半が過ぎました。しかし、回復した彼から、あの運命の夜、刑務所の房でなにが起こったのか、聞き出すことはできませんでした。

ようやく自由の身となった元囚人は、地方の小さな町で墓守の仕事をみつけました。そしてまもなく、若い女が毎週月曜日の午前十一時に、必ず墓地にやってくることに気づきました。通常、月曜日のこの時間帯に墓参りをする者はほとんどいません。

エレガントな喪服とサングラス姿の若い女は、八十五年前に葬られて、いまは地中に静かに眠っている元鳥類学者の墓を訪れているのです。そして墓石の前に灰色の毛布を敷き、そこにすわって、バッグからチェスのセットを取り出します。彼女はつねに白の駒を使うのですが、白と黒の駒をチェス盤にきちんと並べ、戦いを始めます。自分の白い駒を一手進めてから、墓石に尋ねるような目を向けると、墓石から指示を受けたかのようにうなずいて、黒の駒を動かします。ときには戦いが長引くこともありました。一度など、彼女が墓地を去ったのは、夕方の五時ごろになっていたことさえあったのです。

墓守（元囚人）は彼自身、熱心なチェス・プレイヤーだったので、このつねならぬ指し手に強く興味を惹かれたのも、無理もありません。最初のうちは遠くからこっそりと見ているだけでしたが、もはや視力が衰えていたために、喪服の女にうるさがられて追い払われるのを恐れながらも、少しずつ近

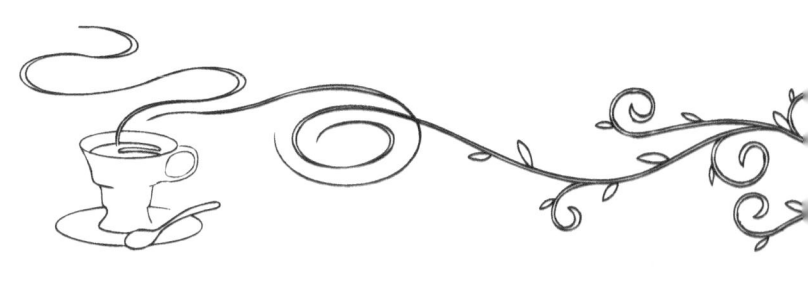

づいていくようになりました。だが、彼がごく近くまで行き、喪服の女のすぐ背後に立っても、叱責のことばが発せられることはなかったのです。

内心ではてっきり素人の遊びだと思っていたので、盤面を見た墓守は、それがアマチュアの戦いではないことを知り、ひどく驚きました。同等の技量と才能をもつ指し手同士の、洗練された戦いだったのです。こういう場合は、壮絶な戦いのあげく、引き分けに終わるのがふつうです。喪服の女はゲームを終えて帰るさいに、必ずバッグからマージパンのクイーンの駒を取りだして墓石の上に置きました。アーモンドの粉と砂糖でこしらえた練り菓子のクイーンは、朝には鳥たちに食べられてしまうでしょう。

数カ月たって、墓守はやっとのことで、喪服の女に一手お願いできないだろうかと申し出る勇気を奮い起こすことができました。女に断られるのを覚悟していたのですが、女は一瞬もためらうことなく同意しました。女は声を出さずに、毛布の上、チェス盤の向こう側にすわるように手まねで示します。三時間と四十二分が経過し、墓守は負けました。負けたことよりも彼をうちのめしたのは、これといったミスはしなかったのに勝てなかったという事実でした。

そのとき初めて、喪服の女はサングラスをはずして、口を開きました。そして墓守に、生きていたいなら、この先二度とチェスをしないこと、墓守をやめて町を出ていくことをいいわたしました。墓守は一瞬たりとて迷いませんでした。すぐさま墓地の管理事務所に行って辞職し、借りていたアパートメントにもどると、わずかな持ち物をまとめ、駅に向かいました。そして次の列車で行けるいちばん遠い駅までの切符を買ったのです」

男性客が口をつぐむと、すぐさま、女性客があとを継いだ。

「元教授夫人は砂漠でのつらく悲しい思い出だけを抱え、砂漠地帯からの苦しい列車の旅の最終旅程にさしかかっていました。長い時間、彼女はコンパートメントをひとりで独占していたのですが、列車が小さな町の駅で停まったとき、乗りこんできた客が初めての相客になりました。この小さな町には、高い糸杉の並木道のそばに、美しい墓地が広がっていました。

元教授夫人は、相客となった初老の男が寡黙なのをうれしく思いました。彼はていねいに黙礼すると、窓ぎわのシートに腰かけ、もの思わしげに外の景色を眺めていました。彼女のほうはちょっとした会話さえしたくなかったので、空港で買った考古学の専門誌を読みつづけました。

ふたつ先の駅で、そのコンパートメントに男の乗客がひとり増えました。男盛りの中年男はがっしりした体格で、濃いもみあげと細い口ひげをたくわえていました。中年男はひとことも口をきかずに、先客たちに軽く会釈すると、扉のそばのシートに腰かけました。

列車がトンネルに入り、突然に止まってしまうまで、コンパートメントの中は静かでした。その静けさを破って車内放送が流れ、近くで落石があったため、線路の安全確認に十五分ほどかかるという知らせがありました。真っ暗なコンパートメントのなかで、乗客は誰も、立ちあがって明かりをつけようとはせず、また、明かりをつけたらどうかという者もいません。

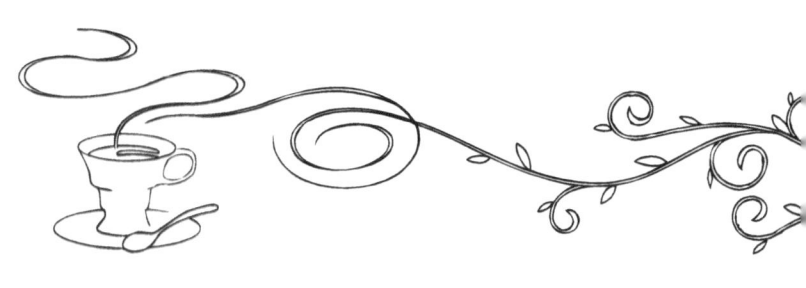

列車がトンネルから出たとき、コンパートメントには、最後に乗ってきた中年男しかいませんでした。彼は扉近くの席から動かず、まっすぐに前を向いてすわっていました。トンネル内での闇が、ほかのふたりの乗客の身に起こったことを隠してしまったのです。ふたりの乗客がいたという痕跡はなにひとつなく、荷物すら残っていませんでした」

「中年男は、何本もの路線が交差している大きな駅で列車を降りました。そして、プラットホームに足をおろしたとたん、ふっと、人生最大の決意をしたのです。彼はもはや処刑人になる気はありませんでした。六代つづいた伝統的な家族の職業を、すっぱりとやめてしまうつもりだったのです。そして誰にもその理由をいう気はありませんでした。なんといっても、他人には関係のないことだったからです」

「元処刑人は駅を出ようとして、ひとりの女性とぶつかりそうになりました。その女は手荷物預かり所を捜そうと、急に体の向きを変えて動きだしたところだったのです。女は元処刑人の顔も見ませんでしたが、元処刑人はつぶやくようにあやまり、駅の外をめざしてずんずん歩いていきました」

一瞬の間もおかずにふたりの語り手が交互に話をつづけ、たたみかけるように物語は終わったが、グレタは拍手をしなかった。身動きひとつせずにすわったまま、ネイヴィーブルーのスーツの女性客と初老の男性客が立ちあがり、軽く会釈をしてからそれぞれの席にもどっていくのを見守っていた。ふ

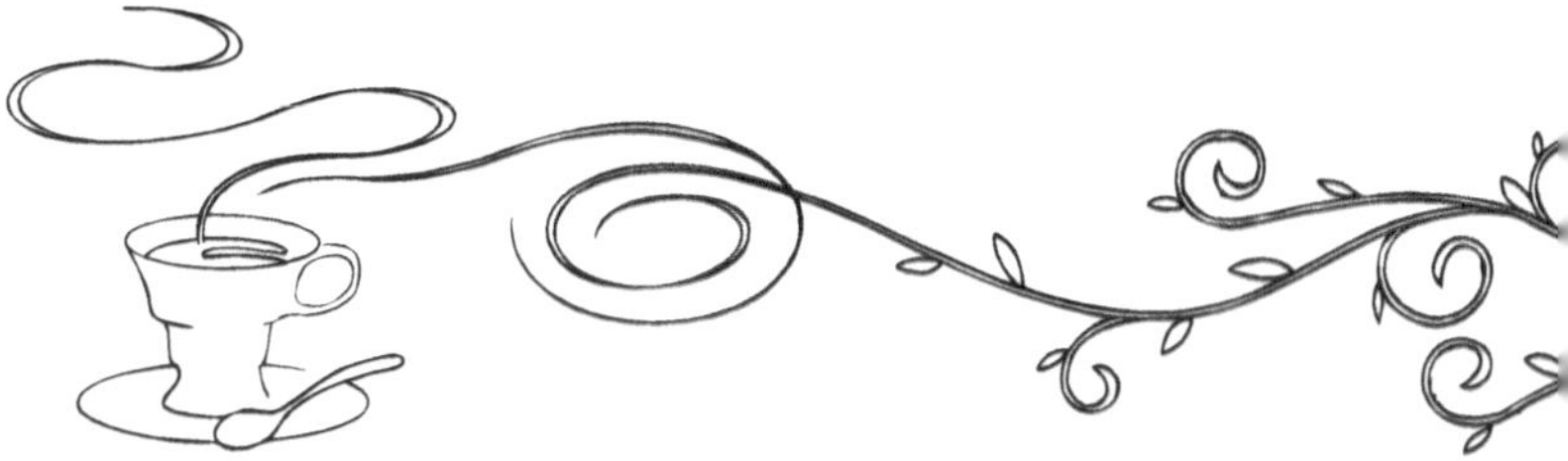

たりがもとの席に腰をおろすと、グレタはテーブルの上のからっぽのカップに目をやった。

そしてしばらくのあいだ、ほかの者には見えないなにかをみつめているかのように、じっとカップの底をのぞきこんでいた。やがてグレタは顔をあげ、コートラックのほうに体をひねって、コートのポケットから、手荷物預かり所の窓口でもらった預かり証を取りだした。それを何度かひっくりかえして眺めたあげく、みんなにも見てほしいというように、ちょっと掲げてみせた。そして、びりびりと引き裂いた。

カップをどかした受け皿に、こまかい紙片となった預かり証をのせると、グレタは彼女を歓迎して鳴り響く拍手をうれしそうに受けた。

火事

火事

両肘がひくりと動き、マーサは突然目が覚めた。だが、夢はすぐには消えなかった。恐ろしい木霊《こだま》のように、しばらくのあいだたゆたっていた。少なくとも、音が残っている。まぶたの裏の夢の映像はベッドルームの暗闇のなかに溶けてしまったが、耳にはまだ音楽が流れている。あまりにもパワフルな音楽なので、熟睡する体質《たち》のコンスタンチンでさえ目を覚ましたかもしれない。しかし、夫のかさばった寝姿は微動だにしない。ダブルベッドで妻に背を向けている夫の寝姿は、黒い小山のようだ。もうろうとした目で夫をみつめているうちに、次第に意識がはっきりしてきた。同時に耳のなかの音楽が薄れはじめ、夫のいびきと、その合間の深い寝息とにとってかわられていく。

マーサは心臓が鈍く鼓動を打っているのを感じながら、混乱がさめないままベッドルームの中を見まわした。まだ夜は明けていない。大きな長方形の窓は夜明け前の静かな灰色に沈んでいる。どこかで犬が吠えた。それに応えて、さらに遠いどこかで別の犬が吠えた。ベッドサイドテーブルに目をやる。目覚まし時計の大きな黄色の発光数字は四時四十七分を告げている。マーサは目をすがめてその数字をにらんでいたが、やがて起きあがり、ベッドの下のスリッパを捜しあてて足をつっこむと、少しよろめきながらバスルームに向かった。

大きなグラスで水を飲む。ごくごくと飲みほしながら、水を飲みたかったのではなかったことに気づく。喉が渇いていたわけではない。洗面台にグラスを置くと、鏡に映る自分の顔が目に入った。蛍光灯の明かりのもと、鏡に映っている顔は見知らぬ他人のようで、マーサは自分の目を疑った。頭を振

り、マーサはバスルームの明かりを消してからベッドにもどった。
　ふたたび横になったが、なかなか寝つけない。睡眠不足だと一日じゅう眠気がさし、体調にも影響するだろう。それは困る。だが、その一方、眠れないのを喜んでもいた。というのは、またあんな夢を見るのはまっぴらだったからだ。とはいえ、夢は見る者の意のままにはならない。あおむけになって、あごまで上掛けを引っぱりあげ、カーテンのすきまから曙光の青白い光がさしこみ、天井に筋をこしらえているのをみつめながら、マーサはごくありふれたこと、取るに足りないことを考えようとした。そういうことを考えていれば、気持がなごんでくるはずだ。しかし、その思いに意識がついてこない。なにかが意識をそらし、夢に引きもどそうとしているようだ。

　広大な砂漠のなかに、マーサは立っている。地平線のすぐ上で、太陽が砂に光をあびせ、赤いヴェールでおおいつくそうとしている。そよ風が小さな渦巻きを作り、足もとの砂を踊らせ、はだしの足の指をくすぐる。彼女がまとっているのは、くるぶしまである、ゆったりとした長袖の白いローブだ。ベドウィンの民族服に似ている。布の目は粗いが、着心地がいい。

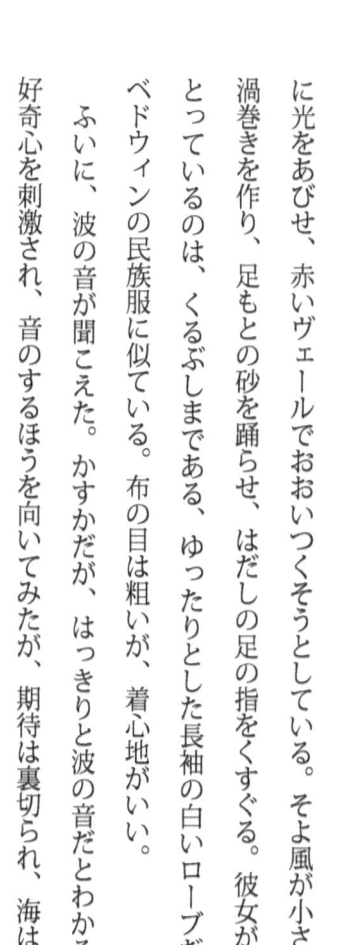

ふいに、波の音が聞こえた。かすかだが、はっきりと波の音だとわかる。好奇心を刺激され、音のするほうを向いてみたが、期待は裏切られ、海は見えない。そのかわり、ぽつんと建っている建物が見えた。砂漠のなかで息絶えなんとする最期のときに立ちあがった、巨大な亀の甲羅のような建物だ——石造りの巨大な建物。神殿だろうか。ずんぐりした円柱に囲まれた建物は、立方体のように盛りあがった小高い丘の、平たい頂上に建っている。

丘に向かって左寄りに、神殿までつづく曲がりくねった道がある。その坂道を、縦一列になった人々がゆっくりと登っている。その人々は背が高く、

火事

マーサがまとっているのと同じようなローブを着ているが、色は白ではなく褐色だ。全員がフードをかぶっている。その姿は、午後の青く澄みきった空を背景に、くっきりときわだって見える。人々はそれぞれなにか抱えているが、それがなにか、マーサにはすぐにはわからなかった。最初は、兵士が形もサイズもさまざまな奇妙な武器を運んでいるのかと思ったが、よくよく目を凝らすと、楽器だとわかった。楽士たちが神殿に向かっているところなのだ。おそらく神殿で演奏するのだろう。

なんと運のいいこと！　マーサとちがい、コンスタンチンは真の音楽好きではないので、ふたりでコンサートに行くことはめったにない。どういうわけかここには夫がいないので、ささやかながら、行きそこねたコンサートの埋め合わせができそうだ。ときどき、やわらかい砂に足くびまで埋もれて足をとられながらも、マーサは丘をめざして走った。ようやく丘の麓にたどりついたときは、楽士たちの最後のひとりが神殿に入るところだった。坂道は決してゆるい勾配ではなかったが、素足のマーサはなめらかで温かい石を踏みしめながら、苦もなく登っていった。

坂道を登りきると、驚きが待っていた。つい先ほど楽士たちが入っていくのを確かに見たのに、建物には扉がないのだ。大きな石を積みあげた黄色の壁がのっぺりと広がっているだけだ。長いあいだ陽光にさらされ、石壁の黄色は褪せて薄れている。ファサードには一定の間隔をおいて四本の円柱が立っている。その円柱の上方に銘が見えるが、ギリシア語なのでマーサには読めない。

扉はないかと、右手の丸石を敷いた小道に向かう。小道に沿って四角い神殿の周囲をぐるりと一周してみる。両側面の長い壁の上方に、おそらく採光のためだろう、細長い切り込み《スリット》の列が並んでいるだけで、出入り口はひとつ

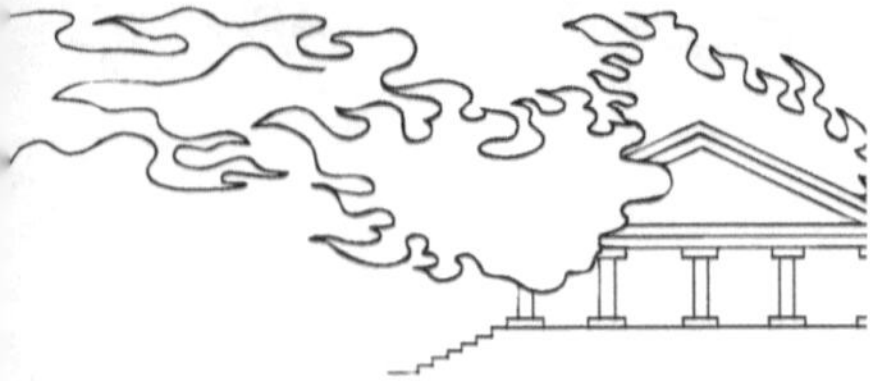

もなかった。スリットから入れるのは鳥だけだ。ファサードの元の場所にもどると、どうすればいいかわからず、マーサは困惑して立ちつくした。いまにもコンサートが始まるかもしれない。彼女はどうしても聞きのがしたくなかった。

彼女の懸念を裏づけるように、神殿から音楽が聞こえてきた。採光用のスリットから流れてくるせいか、音楽はマーサの頭上高いところで奏でられているように聞こえる。演奏が始まる前に建物の中に入れなかったことで欲求不満がつのったが、思いがけないことに、いらだちは別の感情に変わった。どうしてそんな気持になるのか、自分でも理解できなかったが、胸の内が不安でいっぱいになったのだ。神殿の内部から聞こえてくる音が次第に大きくなってくるうちに、マーサは不安の原因に気づいた。

音がおかしいのだ。扉のない神殿に魔法のように吸いこまれていった、フード姿の楽士たちの楽器で奏でられている音楽に、なにか異質のものが混じっている。それは確かだ。異質のもの——それがなんであろうと、音と同じように実体はなくても、決して無害とはいえない気がする。不吉な直感につき動かされ、マーサは走って建物の側面に向かった。採光用のスリットを見たとたん、不安が確信となった。細長いスリットから炎の触手がのびていたからだ。

　マーサはパニックに襲われた。火は石の壁にはたいした害をもたらさないが、壁の内側にあるものは燃えるだろうし、そうなっては困る。どうして困るのか、なぜそれがわかったのか、そんなことはどうでもいい。あとで考えればいい。いまはとにかく、火を消す手段をみつけなければならない。自在に動きまわって消火活動ができるのは、マーサしかいないのだ。

　そのとおり。だが、どうすればいい？　神経が張りつめたときにはいつもそうするように、マーサは下くちびるを噛みしめ、必死で頭を働かせた。水。

火事

水が必要だ。しかし、砂漠のまんなかで、水がどこにあるというのだろう？自問していると、丘の下にいたときに波の音が聞こえたことを思い出した。小高い丘の上から眼下を見渡す――あった。海だ。白い波頭を点々といただいた青い海。

遠くはない。歩いてもたいしたことはない距離だが、消火のために水を運ぶという目的からいえば、世界の果てともいえる。だが、たとえ神殿が海辺に建っていても、マーサにはどうすることもできなかっただろう。海水をどうやって運べばいいというのか？　両手ですくって運ぶしかないのだ。

マーサの無力感を嘲るように、音楽と火のはぜる音はどんどん強く、大きくなってくる。スリットからのびる炎の触手はますます勢いを増し、その熱気に押されて、やむなくマーサは丘のてっぺんの平地を端まであとずさりした。音楽が大音量で響きわたり、マーサは両手で耳をおおった。そんなことをしてもむだだった。音の振動のせいで、地面が揺れはじめた。最初はゆるやかな揺れだったが、そこが地震の震源地であるかのように、次第に激しい揺れに変わっていった。マーサはバランスを崩して倒れたが、両手両膝をついて体を支え、なんとか踏みとどまって、丘の斜面をころげ落ちずにすんだ。

恐ろしいことに、石造りであっても、神殿は音楽の破壊的な音響に耐えきれないようだ。大音量の音楽のせいで、ほかの音は消されてしまう。無音のまま円柱が激しく揺れて倒れ、割れて、いくつかの円筒と化してしまうのを、マーサはなすすべもなく見守っていた。円筒のひとつが転がってきたが、マーサは身動きもできず、それが近づいてくるのを見ているしかなかった。円筒形の石はマーサをきわどくかすめて転がりつづけ、徐々にスピードを増しながら丘の斜面を落ちていった。

マーサはこれで終わってほしいと思ったが、次の瞬間、重い石の屋根が神

火　事

殿内部に崩落した。大惨事が起こってしまった。楽士たちは押しつぶされてしまったにちがいないが、マーサは哀れとは思わなかった。楽士たちは当然の報いを受けたのだ。彼らのせいでこうなったのだから！　楽士たちが悪霊に憑かれたかのような音楽を演奏しなければ、こんなことは起こらなかったはずだ。

しかし、演奏はまだつづいている。炎につつまれた廃墟から、まだ音楽が流れてくる。屋根がなくなったぶん、いっそう大きく聞こえる。屋根が崩落しても、楽士たちの演奏はいっときたりとも妨げられることはなかったのだ。いまや炎は蒼天高くに達している。こうなっては、神殿の中のどこかにあるはずの、貴重でもろい品々を救いだす手だてはない。マーサは深い絶望感に襲われた。どんな品々なのか、まったくわからないが、これほどの大火を免れるものなどあるわけがない。それは容赦なく、永遠に失われてしまったのだ。墓穴のようにぽっかりと開いた、うつろな空間だけを残して。マーサにはなにもできなかったし、いまとなってはなにをするにも、もう遅い。

そして逃げるにしても、もう遅かった。大きな石を積みあげた壁が、風船のようにぶわっと膨脹しはじめた。内部から圧力がかかっているのだ。石壁であろうと、じきに、想像を絶するほどの圧力に負けてしまうだろう。ふいにマーサは、どこにも避難する場所がないことに気づいた。丘を駆け降りて逃げるだけの時間もない。無情にも音楽が狂ったようにますます高くなっていくなか、マーサにできるのは、本能的に顔を両手でおおい、しっかりと目をつぶることだけだった。まぶたを閉ざすと、恐ろしい光景は闇に呑まれたが、演奏がクライマックスに達して大音量で音楽が爆発する、そのすさまじい音を消してくれるものはなかった。

火　事

マーサはなんとかもう一度眠ろうと努力したが、夜が明けるまで寝つけなかった。ようやく眠りに落ちると、今度は夢は見なかった。意識は真っ黒なインクの湖のような闇に沈んだ。いくらでもその闇に沈んでいられたが、コンスタンチンがそうはさせてくれなかった。彼は妻に手をのばして肩をそっと揺すった。マーサの意識はいやおうなく闇の淵から浮上した。マーサは目を覚ましたくなくて抵抗したものの、そんな抵抗など、コンスタンチンには通じない。

夢は黒いインクの湖に置き去りにされた。二度寝から覚めたとき、マーサは夢の切れっぱしすら憶えていなかった。コンスタンチンにどうして寝過ごしたのかと訊かれ、マーサは肩をすくめて返事に代えた。彼女自身、不思議だったのだ。いつもなら、ベッドを先に出るのはマーサのほうだ。なんとなくもやもやとした不安が胸にわだかまっているが、なにが原因なのか突きとめてみようとしてもどうしてもわからず、不安は消えなかった。

朝食のとき、コンスタンチンが焼きたてのトーストをテーブルに置くと、マーサは焼けかたがむらになっているパンをちらっと見た。いつもならトーストは好きなのだが、なぜか今朝にかぎって、食べたくない。マーサが取り皿をわきに押しやるのを見ると、コンスタンチンは尋ねるようなまなざしを妻に向けたが、口に出してはなにも訊かなかった。

マーサは熱くもないコーヒーをふうふうと吹いて飲んだ。胃になにも入れないのはよくないと思いつつも、どうしても食べる気になれなかった。

出勤の車の中で、コンスタンチンはカーラジオをつけた。特に音楽が好きというわけではないのだが、それが長年の習慣になっている。三十分のドライブのあいだ、気づまりな沈黙を避けるには、それがいちばんいい選択だった。二十年もいっしょに暮らしていれば、会話の種も尽きてしまうというも

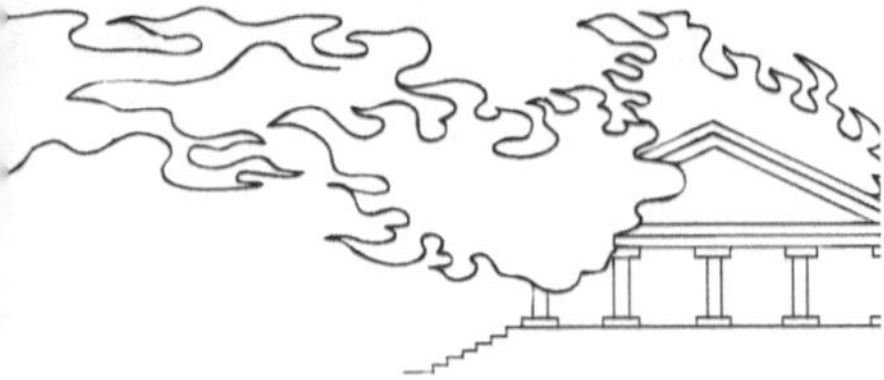

のだ。最初のうち、マーサはそれを気に病んだが、だんだん慣れてきて、いまではこの状態が気に入っている。義務感から会話をするより、ほんとうに必要なときにきちんと話をするほうがずっといい。マーサもまた、いつもぺちゃくちゃとしゃべっていたいほうではない。

しかし、今朝はマーサの手が勝手に動いた。大きな音だったわけではないのに、つまみを回して音量を下げ、ついには消してしまった。そのあいだ、ひとこともいわなかったし、なぜそうするのか、自分でも理由がわからなかった。いつもなら楽しんで聞いている軽音楽専門の局だったのに。今朝はなぜか癇《かん》に障《さわ》り、いらだちがつのったのだ。コンスタンチンがこっちを見ている。マーサはそのけげんな尋ねるようなまなざしに耐えた。内心では、直接なにも訊いてこないことをありがたく思った。

黙りこくった夫婦を乗せて車は進んだが、市の中心部に近づくにつれ道が混んできた。勤務先である図書館が近くなると、マーサは以前なら気にも留めなかったことが気になった。朝のラッシュアワーで混雑した道路で、消防車が二台、一インチ刻みでしか進めずにいるのだ。サイレンを鳴らし、青いライトを回転させているのに、ほとんど役に立っていない。消防車の前の車も、道を空けようにもどうにもならないのだ。

マーサは急に不安が高まり、そのせいで、呼吸が速くなった。大きな赤い消防車が任務にまにあうように目的地に向かえないと思うと、常になく気が転倒してしまう。どこが火事なのか見当もつかないが、それは問題ではない。このまま消防車が進めないようでは、なにが燃えていようと、被害は甚大なものになるだろう。火事はあとに荒廃しか残さないし、いまこのときも、この世にふたつとなく、しかも二度と創れないものが、灰になりつつあるかもしれない。

火　事

　最初の交差点で消防車は左折し、マーサの視界から消えた。しばらくのあいだはサイレンが聞こえていたが、それも徐々に遠くなり、やがて周囲の喧噪に呑みこまれてしまった。奇妙な気持の高ぶりがおさまるにつれ、マーサはなぜあれほど強い衝撃を受けたのか自分でもわからず、狼狽した。ここのような大きな街では、毎日のようにどこかで火事が起きている。避けられない事態だといってもいい——毎日のように誰かが死ぬのと同じだ。人間という、この世にふたつとなく、二度と創れないものが存在しなくなるのと同じだ。だが、ひとは、失われていくものを気にかけ、心を悩ませてはいられない。そんなことをしていたら、それこそ毎日が地獄になってしまう。

　勤務先の図書館の前で車を降りる前に、マーサはコンスタンチンにキスした。握手とほとんど変わらないほどの軽い接触だ。たがいにことばはかけない。その必要もない。このあと、コンスタンチンは毎朝そうするように、二十五年近く勤めている保険会社に車を走らせる。そして仕事が終わると、この場所でマーサを待つ。そのときも、たがいにことばをかけることもなく、軽くキスするだけだ。マーサが車に乗りこむとすでにカーラジオがついていて、おかげで、日々の無味乾燥で単調な勤めのことで、話すこともないのに会話をしなければならないという義務から逃れられる。

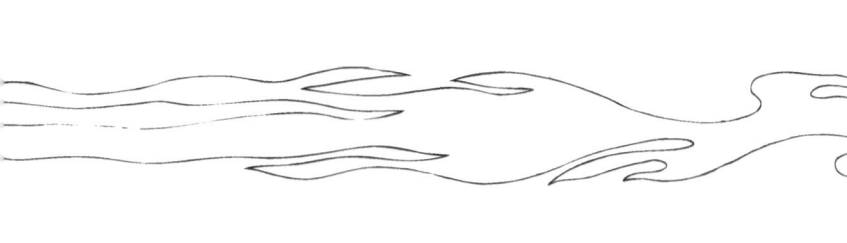

オフィスに着くと、マーサはいつものとおり、なにはさておきコンピュータの電源を入れた。だが、今朝は妙だった。スクリーンにすぐに画像が出たのだ。いつもなら、システムが起動するのに三十秒ぐらいかかる。その間《かん》、数字やら種々さまざまな省略記号やらで表記された膨大なファイル名が列をなして、スクリーンの上から下へとものすごい速さで流れていく。あまりに速いので読もうと思っても読めないし、興味がないので、読もうという気にもならない。マーサはコンピュータのことなどほとんど知らない。図書館の

火事

基本的なプログラムを利用するだけだし、それで充分だった。コンピュータにほかになにができるのか、もっとくわしいことを知りたいという欲求もなかった。

だが、今朝は、コンピュータではなくテレビの電源を入れたのかのような状態だった。いつものようなきめの粗い画面（とうてい好きになれない）ではなく、解像度の高い画面で、古代の建物が鮮明に映っている。マーサは困惑してスクリーンをみつめた。なんとなく見憶えのある建物だが、どこで見たのか思い出せない。ファサードに一定の間隔をおいて四本の太い円柱が立ち、まんなかの二本の円柱のあいだに四角い、堂々たるエントランスがあり、その扉が広く開けはなたれている。

円柱の上の壁に銘らしきものが刻まれている。もっとよく見えないかと、マーサはスクリーンに少し顔を近づけたが、その必要はなかった。彼女の望みに応えるかのように、刻まれた文字にカメラがズームしたからだ。ギリシア語だが、マーサにはなんとか読めた。この点に関しては、どういうわけか、マーサはたいして驚きもしなかった。刻まれた文字に関するふたつの事実のうち、ギリシア語が読めたことはそれほどの驚異ではなかったのだ。驚いたのは、もうひとつの事実、すなわち刻まれた文字が意味していることのほうだ。ほんとうならギリシア語がわかるはずはないのに、マーサには理解できた。銘の意味はこうだ――大図書館。

マーサは信じられない思いで、一瞬その銘をまじまじとみつめた。そしてはっと我に返り、なすべきことに思いいたった。誰かを呼ばなければ――コンピュータ・メンテナンス業務部に連絡すべきだろうか。

これはコンピュータの故障に決まっている。コンピュータはときどき調子が悪くなるものだが、こういう状態になったという話は聞いたことがない。

火事

マーサは電話に手をのばしかけたが、まさにその瞬間、カメラがまた動きだしたため、電話のことは忘れてしまった。カメラの目線は銘から下へと移動し、開いた扉の中へと進んでいく。

最初はよく見えなかった。明かりといえば、ずっと奥までつづいている壁の天井近くに、一定の間隔で並んでいる細長い切り込《スリット》みからさしこむ光だけだ。その光だけでは、外のまぶしいほどの明るさにくらべると、内部は充分に明るいとはいえない。と、みるまに画像が明るくなってきた。マーサはこの画像は幻影にすぎないと承知していながらも、自分の目が薄暗い画像に慣れてきたせいかと思った。しかし、そうではなく、カメラのほうが低い明度に露出を合わせたのだ。カメラの目線が横に移動し、ゆっくりと内部を映しだしていく。

広々としたホールのような空間だ。その中央部に、何脚もの背もたれのない簡素な椅子に囲まれた木のテーブルが何台も、ホールのずっと奥まで整然と並んでいる。テーブルは、壁の高いスリットからさしこむ光を受けられる位置に置いてある。昼間なら、とりわけ、よく晴れた日なら、目に負担なく文字が読めるだろう。ここには人工的な明かりはないようだ。オイルランプも蝋燭もない。燃えそうなものはなにもない。〈大図書館〉が夜間に使用できないのは明らかだ。

四面の壁はすべて床から天井までの書棚で埋まっている。書棚には、短い間隔を置いてはしごが設置されている。はしごは棚に接続してあり、上段の高い棚にも手が届くようになっている。だが、棚に並んでいるものがなんなのか、初めのうち、マーサにはわからなかった。本だろうと思っていたのだが、筒形のものが三角の山に積みあげられ、大きな蜂の巣の底のように見えているとわかり、目を丸くした。

火事

しかし、すぐに合点がいった。エントランス上部の銘を信じるとすれば、この時代に、いわゆる〝本〟があるはずはない。書物がいまのような形に製本されるようになったのは、もっとあとの時代のことだ。この図書館が存在したころは、文書はパピルスに記されていた。マーサのコンピュータのスクリーンに映しだされているのは、パピルスの巻物のための広大な収蔵所なのだ。マーサは数に弱いのだが、これはかぞえるまでもない。四面の壁を埋める書棚には、何千もの巻物が収められている。

じつにすばらしい光景だ。マーサはその光景に感動しながらも、これは現実のものではないと認識していた。しかし、司書という専門職を誇りにしている者ならば当然のことだが、マーサもこの大量の巻物の内容を知りたいという誘惑に抵抗できなかった。製本されていれば、背表紙があり、そこにタイトルが記されているものだが、巻物には背表紙もタイトルもないため、内容の見当すらつけようがない。どれも同じにしか見えない、この膨大な量の巻物のなかから、どうすれば目当てのものをすばやくみつけられるというのだろう?

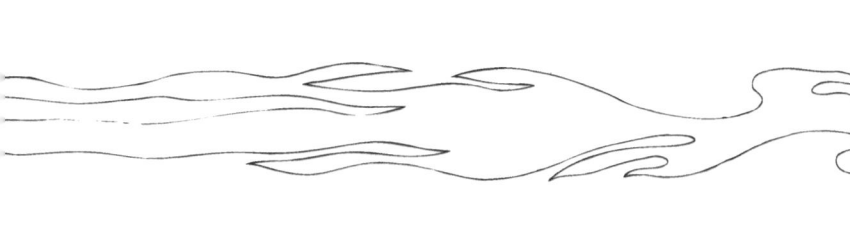

またもやマーサの疑問を察知したかのように、カメラが棚にズームした。スクリーンいっぱいに、ひとつのセクション、つまり五十本ほどの巻物の山が映った。突然に、スクリーンに網の目のような形状の文字群が現われた。文字はローマン・アルファベットなので、なんの奇跡も必要とせずに、マーサにも読めた。文字群が目録らしいと読み解くのに、時間はかからなかった。なんといっても、マーサは人生の大部分を本の目録作りに捧げてきたのだ。

思ったとおり、文字群はやはり目録で、著者の名前が大きな黄色い文字で、その下に少し小さな青い字でタイトルが記されている。目下のところ、五十本の巻物の上に目録がかぶさっていて、かろうじて見えているのは数本の巻

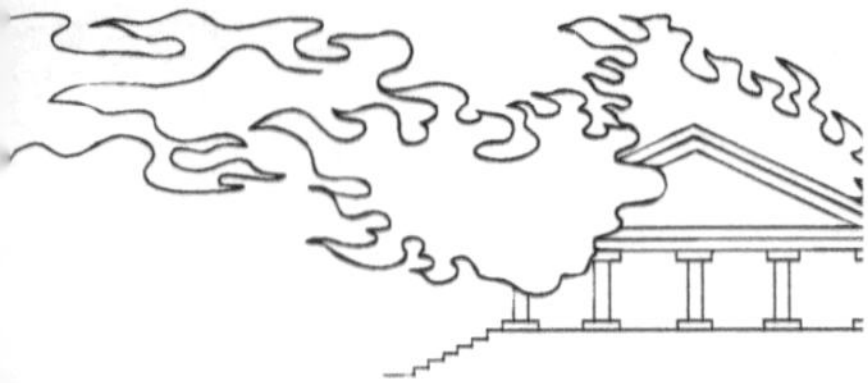

火事

物だけなのだが、見えている巻物と、目録の著者名とタイトルが合致しているのかどうか、それは定かではない。それはともかく、この目録が真実ならば、五十本のパピルスの巻物に記されているのは、マーサが推察できる以上にはるかに重大なものだ。この〈大図書館〉には途方もない貴重なお宝が眠っている！　この朝二度目になるが、マーサの呼吸が速く短くなった。

　カメラがゆるやかに動いて、次のセクションが映しだされた。前の目録が消え、新しい目録が現われた。マーサは目を凝らし、意識を集中した。必死で記憶を探ったが、スクリーンに表示されている著者名のうちいくつかは、かつて目にしたことがあるのかも知れないが、まったく思い出せない。目録の作品群から、著者がどういう分野に属しているのか、推測してみる――文学者か、史学者か、自然科学者か、数学者か。だが、確かなことはなにひとつわからなかった。

心を奪われたように、マーサはカメラがセクションからセクションへとゆっくり移動するのを見守りつづけた。時間の感覚がなくなっていく。意識の一部がマーサに、スクリーンから目を離し、行動を起こせと、しつこく警告している——途方もない出来事なのだから、催眠術にかかったかのように、すわりこんでぼうっとスクリーンを眺めている場合ではない、誰かに報告すべきだ、と。しかし、いかにも正当な意識の声よりも、好奇心のほうが勝《まさ》っていた。急ぐ必要はない。誰かに報告するのはあとでいい。いまはなにひとつ見逃さないことのほうが重要だ。

と、マーサはよく知っている名前をみつけた。彼女が勤めている図書館で、つい最近、この著者の悲劇集の新しい版を購入し、マーサ自身が棚に収めたばかりだったのだ。この著者の作品は数が少なく、現在は七、八作しか存在していないのに、スクリーンには長いリストが映しだされている。かぞえて

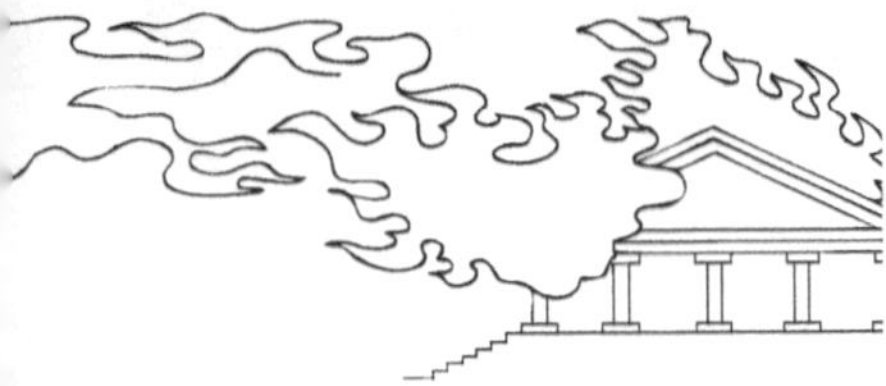

みると、戯曲が三十六作。目録の文字が小さいので、やむをえず、スクリーンの上を指で押さえながらかぞえたのだが、指でタイトルを押さえていく端から、文字の青い色が黒っぽくなった。

それに気づいたマーサは、ふと思いつき、ひとさし指で見憶えのないタイトルにタッチしてみた。タイトルの青い文字が暗く翳ったかと思うと、目録が消え、巻物の一本が棚から出てきた。完全に棚から離れると、巻物は勝手にするするとほどけ、スクリーンいっぱいに広がった。マーサの目の前に提示されているのは、長いあいだ失われていた悲劇の原本だった。

経験を積んだ司書の本能というべきか、興奮しきっていたマーサは瞬時に冷静さをとりもどした。なんとかしなければならない――マーサの頭はその思いでいっぱいになった。ほかのことはすべてあとまわしでいい。ここまで頭のどこかに押しこめておいた、さまざまな疑問がどっとあふれ出てこようとしているが、それはあとまわしだ。そう、いますぐこれをなんとかしなければならない。だが、どうやって？　忘れられた時間のかなたからふいに出現した、このかけがえのない貴重な宝をどうすれば保存できるだろう？　必死で頭を絞ってみたが、コンピュータにデータを保存するという、通例の方法しか考えつかなかった。

マーサがキーボードのキーに触れたとたん、スクリーンの巻物は勝手にするすると巻きもどり、棚の元の場所にもどってしまった。マーサはミスをおかしたのだ。なすすべもなく手をこまねいていると、カメラは急に書棚から遠ざかり、ホールのいちばん奥に移動して、ずんずんと高く昇り、天井近くで止まった。そして〈大図書館〉のホール全体を映しだした。遠くにぽつりと、そこだけ明るいエントランスが見える。

しばらくのあいだ、スクリーンは静止画面となり、カメラの目線は動かず、

火　事

画面のなかで動くものもなかった。そしていきなり、それまで沈黙していたコンピュータのスピーカーが作動した。音楽が流れてきたのだ。初めのうちは、建物の外のはるか遠くで始まったかのように、聞こえるか聞こえないぐらいの音量だったため、マーサもすぐにはそれとわからなかった。だが、音量が増してくるにつれ、マーサの背筋に冷たい震えが走った。意識の奥底の黒いインクの湖から、忘れていた夢が浮上し、激しい勢いでマーサに襲いかかってきた。

遠くのエントランスから楽士たちが列をなして入ってくるのを見ないうちに、そうなることがマーサにはわかった。陽光を背に、フードをかぶった楽士たちが、顔のない幽霊さながら、地面に足が触れていないかのようにふわふわと、ホールの中に入ってくる。扉が切り取っている明るい四角形を離れたとたん、楽士たちの姿はホールの闇に溶けこんだ。彼らが存在しているというあかしは、鳴りやまない音楽だけだ。最後のひとりが〈大図書館〉に入ってくると、丈の高い両開きの扉は音もなく閉まり、最初から存在しなかったかのように消えてしまった。

スクリーンは全面的に暗くなり、なんの動きもなくなった。演奏する者の姿は見えないのに音楽だけが流れ、しかも、無気味にも次第に音量があがってきた。それに呼応するかのように、深い闇に明るい斑点《スポット》がぽつぽつと現われはじめた。しばらくすると、なにが起こっているのかマーサにも見てとれるようになった。次々にたいまつに火がともされ、広い空間が徐々に明るくなってきたのだ。煙がたなびき、ちらちらと揺れる炎が照らしだしているのは、現実ではありえない光景だった。たいまつが宙に浮いている。掲げ持つ者はいない。楽士たちの姿も見えないのに、音楽は耳をつんざくばかりの大音量で鳴り響いている。

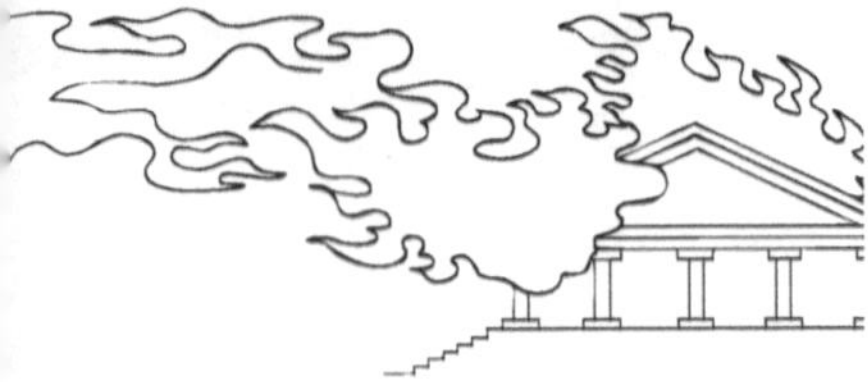

火事

すべてのたいまつに火がついた。たいまつは四面の壁（すなわち書棚）に沿って均等な距離に並び、炎の長方形をかたちづくっている。足もとが崩れ落ちそうな気がして、マーサはデスクの縁を握りしめた。目はスクリーンに釘づけになっている。次になにが起こるか完璧にわかっているのに、夢のなかで感じたのと同じく、目覚めているいまも無力感に支配されている。避けられない事態が起こるのを阻止できる方法を考えようとしているのに、なにも思いつけない。

一瞬、たいまつが動き、書棚のすぐ手前で停止した。そして次の瞬間、声のない命令がくだされたかのように、狂った火祭りが始まった。何本もの手をもつ、頭のおかしな絵描きが火のついた絵筆を動かしているかのように、たいまつの火がパピルスの巻物の山に触れ、なでるように左右に動く。フレスコ画のような画像がちらちらと揺れる炎の色におおわれる。マーサは下くちびるを噛み切りそうになるほど強く歯を立てた。するどい痛みが、この見たくもない悪夢から解放してくれるといわんばかりに。しかし、今回は目覚めて救われるということにはならなかった。

炎が巻物をつつみこみ、計り知れないほど価値のある書物が火の狂宴に捧げられ、次々と灰燼に帰していくのを、マーサは絶望の目で見守るしかなかった。凶暴な音楽を伴奏に、火は加速的に勢いを増し、ついにはスクリーン全面が火の海となった。燃えさかる火の画像は真に迫っていて、マーサは炎にあぶられ、顔が熱くなってきたような気がした。鼻をつく火と煙の臭いが、どんどんきつくなってくるようだ。そしてマーサは、恐ろしいことに、それが幻覚ではないことに気づいた。モニターの裏側から、灰色のリボンのような煙が立ちのぼっているではないか。

マーサは跳びあがるように立った。その勢いで椅子がうしろにひっくり返

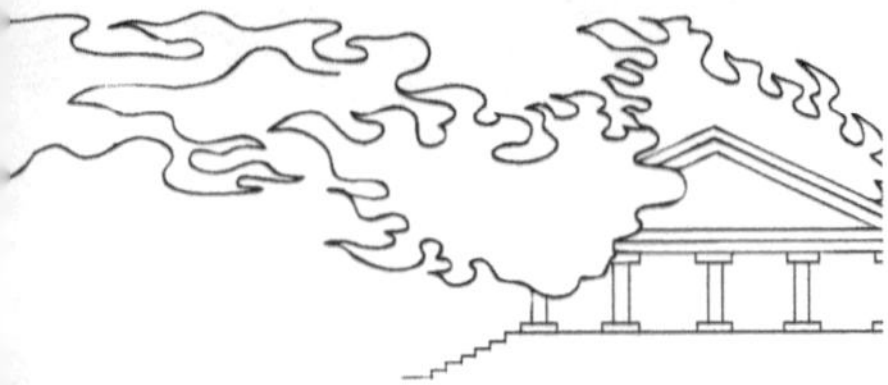

る。両手を口もとにあてがおうとしたが、悲鳴が洩れるのを抑えることはできなかった。モニターの煙は黒っぽくなり、やがて赤くなって、最後には炎をまじえて上昇しはじめた。こういう非常の際にどうすべきか、マーサは承知しているはずだった。訓練も受けたし、なすべきことも承知している。だのに、体が麻痺して動けない。モニター全体が火につつまれるのを、茫然とみつめているだけだ。どういう奇跡か、モニターのスクリーンにはまだ画像が映っている。映像と現実と、ふたつの火事がひとつに溶け合ったかのようだ。しかも、コンピュータのスピーカーからは音楽が流れつづけている。

マーサがよけるまもなく、いきなり上方からどっと水が降ってきた。天井に設置されたスプリンクラーが煙を感知し、無数の小さな穴から水を噴出したのだ。マーサは刺すように強いシャワーに身をさらしたまま、スクリーンから目を離せずにいた。スクリーンはもう空白《ブランク》になっていたのだが。

スプリンクラーが作動したとたん、部屋の電気が自動的に切れたのだ。最新の図書館はどこもそうだが、この図書館も、遠いむかしから書物を脅かしてきた最大の危険に対しては、適切な防護措置がとられている。

濡れた服が乾かされてアイロンをかけられるまで、マーサは婦人用化粧室で二時間半ほど毛布にくるまって待つことになった。オフィスにもどったころには、すべてがきれいに片づき、元どおりになっていた。火災に関しては、マーサはなにも説明する必要がなかった。原因が明らかだったので、なにがあったのか、誰もあえて問おうとはしなかったからだ。モニターから火が出たことは、以前にも何度かあった。不快な出来事だが、たいした損害はない。どちらにしても、保険がかかっている。マーサのデスクの上には、早くも新品のモニターが鎮座ましましていたが、終業時まで、マーサはコンピュータの電源を入れなかった。

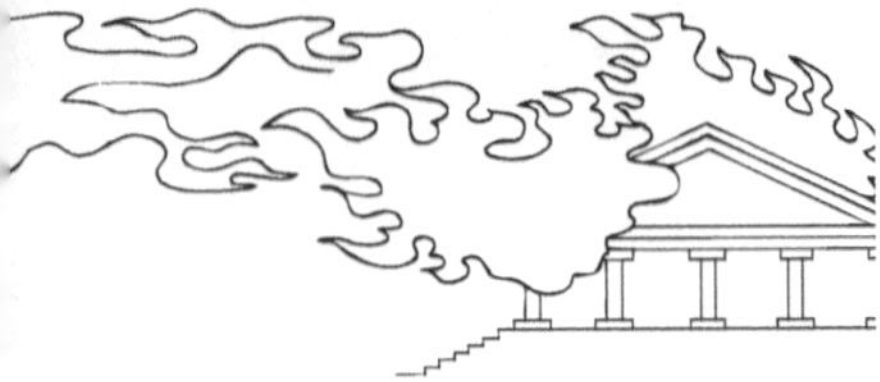

火事

夕方、迎えの車に乗りこんだマーサは、コンスタンチンにキスしたさいに、今日の出来事を話したい衝動に駆られたが、思いとどまった。自分にも理解できていないことを説明しようとしても、混乱するばかりだと考えなおしたからだ。そのうえ、コンスタンチンは出勤時よりも帰宅時のほうがいっそう、〝妻と話をしたくないモード〟になっている。表情もそれを如実に語っている。カーラジオはすでについていた。夫も妻もひとこともことばを交わさないまま、彼らの車は混雑した車の流れに加わった。

換気口

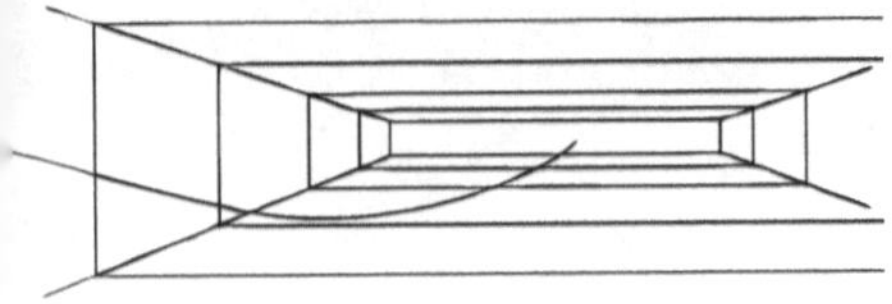

換気口

病院の付添人は左側の七号室のドアまで案内してくれた。廊下の両側に並んでいるほかのドアと同じく、これも白い金属製だ。壁が暗紅色なので、歯と歯のあいだがむやみに広い、巨人の口の中のようだ。付添人は小さな四角いのぞき窓のスライド式のカバーを引いて中をのぞくと、カバーをまた元にもどした。

「患者が問題を起こす心配はありません。いまは拘束衣を着けられていますが、それは患者が他者に対して暴力をふるうとか、そういうことではないんです。ごぞんじのとおり、自殺を試みたので」付添人はわたしが手にしているファイルを示した。「万一の場合にそなえて、ぼくは病室の前にいます。

必要なら、呼んでください」

わたしはうなずいた。付添人は白衣の胸ポケットからマグネットカードを取りだすと、ドアのそばに取りつけられた小型の端末装置にさしこみ、ドアを開けた。そしてわたしを中に入れたが、ドアは閉めなかった。彼は開け放したドアの向こうに立ち、こちらを見守っている。わたしは彼のほうを向き、もう一度うなずいた。重いドアがほとんど音もなく閉まり、大柄な付添人の姿は見えなくなった。

この手の病室は壁も床も白い詰め物でおおわれているのだが、こういう措置は、否応なくここで長い時間をすごさざるをえない患者の不安を高めるのが狙いのようで、わたしとしては決していい印象をもっていない。そして、たとえ夜間であろうと、少し明るさが落ちる程度で、決して消されることのない蛍光灯にも同じことがいえる。しかし、この、規格どおりの気の滅入る

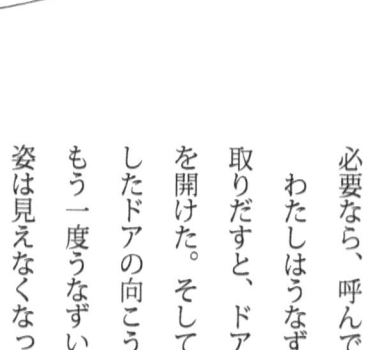

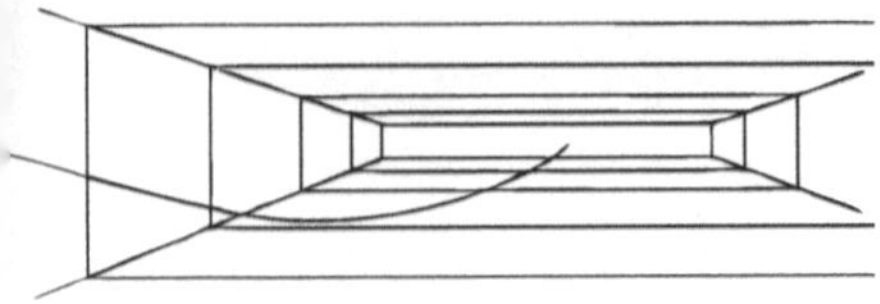

換気口

ような病室に、ひとつだけ破格のものがあった。ドアと向かいあう壁の高いところ、天井近くに、小さな窓があるのだ。じっさいには、窓というより換気口だろう。ガラスではなく、縦向きに太い棒が二本はめこんである。そんな金属棒など不必要だ。たとえ拘束衣で自由を奪われていないにしても、あの高さまで壁をよじ登ったり跳びあがったりするなど、できるはずがない。それに、あんな狭いところを通るのは、ネコでもなければとうてい無理だ。

その換気口の下に、壁に背をもたせかけて、彼女はすわっていた。両膝を立てて、その上にあごをのせている。彼女はわたしにほほえみかけた。わたしは彼女が、病院のファイルに添付されている写真と同一人物だとわかった。丸顔、いきいきした大きな褐色の目、小ぶりの耳、短くて、やや上向いた鼻。濃いブロンドの髪は肩にとどく長さだ。ざっとなでつけようとしたようだが、髪がきちんとしていなくても、彼女の深みのある美貌は少しも損なわれていない。それどころか、髪が乱れているぶん、若く見えるぐらいだ。わたしだって、二十六歳という彼女の年齢を知らなければ、二十二、三歳だと思っただろう。

わたしも床に腰をおろし、ドアに背をもたせかけた。いつも、患者と同じ目の高さで接しようと努めているからだ。通常、これで患者に対等という意識をもたせることができて、信頼関係を築く助けとなる。わたしは両脚をのばした。こうすれば、靴底が床の詰め物をあまり汚さずにすむ。それから緑色のファイルを床に置いた。

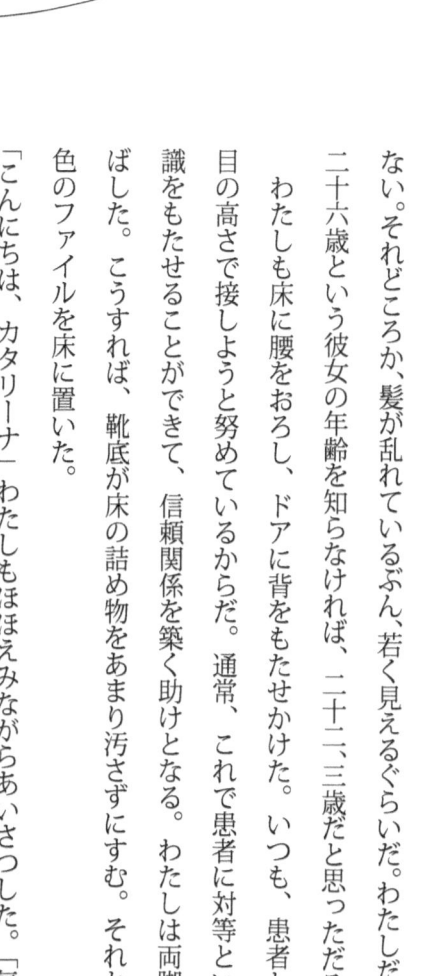

「こんにちは、カタリーナ」わたしもほほえみながらあいさつした。「気分はどうだね？」

「こんにちは、ドクター。いまは元気よ。あなたが来てくれてうれしいわ」

「自己紹介をさせてもらおう。わたしはドクター・アレクサンダー。これまであなたを担当していたドクター・ソーニャの代理なんだ。ドクター・ソー

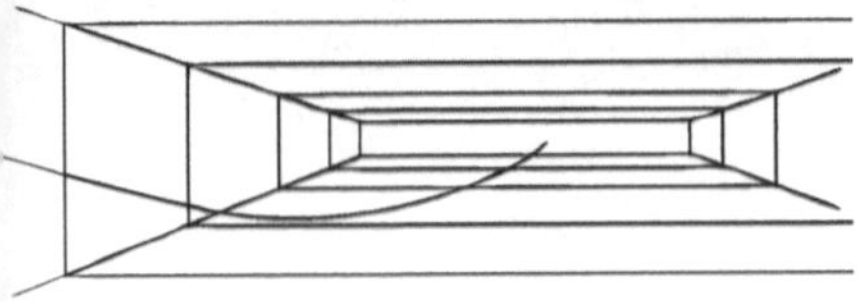

換気口

ニャは事故にあって、二、三週間は仕事ができないものでね。幸いなことに、けがはたいしたことはない。自宅の階段から落ちて、脛《すね》の骨が折れたんだよ。片脚をギプスで固められてしまったけど、芯の強いひとだからね。松葉杖にもだんだん慣れてきたところだ」

「お気の毒なドクター・ソーニャ。事故のこと、あたしがとてもお気の毒に思ってるって、伝えてくださいね。さぞ痛かったでしょうね。でも、あなたがおっしゃったとおり、じきによくなるわ。悪い影響もない。治ってしまえば、痛みも松葉杖のことも忘れてしまう」

「そうだといいね」

「あたしを信じて。そうなるんだから」

　ほんの数秒、わたしたちは黙ってみつめあった。そしてわたしは、床に置いたファイルを軽くたたいた。「うん、あなたはそうなるとわかっている。そうなんだね？　わたしが正確に理解しているとすれば、あなたは未来が見える」

「ええ、そう」カタリーナはごくありふれたことを認めるように、淡々とした声で答えた。

「もしかしたら、ドクター・ソーニャに事故のことを警告できたんじゃないかな」非難の口調にならないように気をつけて、わたしは冗談っぽく、明るくいった。

「もしかしたらね。でも、たとえあたしが警告しても、なにも変わらなかったんじゃないかしら。ドクター・ソーニャはあたしのいうことを信じてないから」

「そういうことを信じるのは、容易じゃないんだよ」

「わかってる。だからこそ、未来が見えるといいはっている人々を、こういう場所に押しこめるんだわ。たとえそういう人々が誰の害にもならないにしても」彼女の口調にも非難の色はなかった。

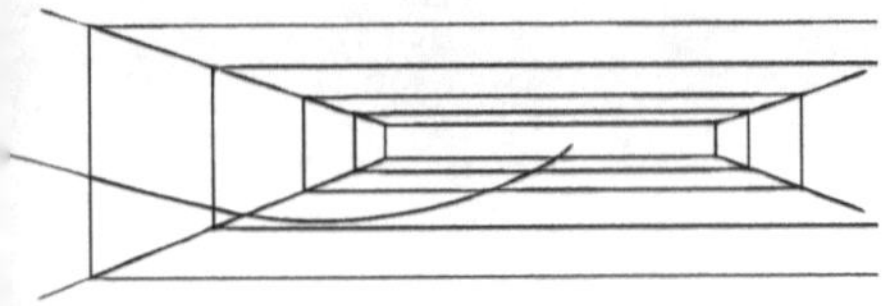

換気口

「あなたはあなた自身に害を及ぼしている。それがここに入れられるひとたちの主な理由なんだよ。超能力をもっていると思っているから、ここに入れられるわけではないんだ。あなたは食べるのをやめてしまっただろう？　そのうえ、自殺しようとしたんじゃないかい？」

「要領の悪い、ぶざまなやりかただった。とにかく、まちがってた」

　またもや静寂がつづいた。わたしは自分ののばした脚に目をやってから、彼女に視線をもどした。カタリーナはほほえんでいた。

「じつは、わたしには理解できないことがあるんだ」わたしはくびを振りながらいった。「あなたのカルテにそのことがふれられていないのはおかしい。なぜドクター・ソーニャはあなたにそのことを話そうとしなかったのだろう。わたしにはそこが全体の要《かなめ》と思えるのに。つまり、なにが原因で、あなたは自殺しようとしたのか。もしあなたのいっていることがほんとうならば、あなたは未来が見えるという能力をもっている。だとすれば、あなたがみずから死を願うなどありえないことだ。あなたに取って代われるものなら、多くの人々がどんな犠牲でも払おうと考えるだろう。もっとも、未来になにが起こるかを知ったからといって、あらゆる可能性を利用できるとは、とても思えないけれどもね」

「そんなの、あたりまえよ。そうね、ドクター・ソーニャはあたしがなぜ自殺しようとしたか、その理由を知りたがった。でも、あたしはそのことを話すのを拒否した」

「なぜ?」

「理由があるわ」

「理由が?　まだそれは活《い》きてる?」

カタリーナはすぐには答えなかった。その顔に訊きたいという表情がよぎ

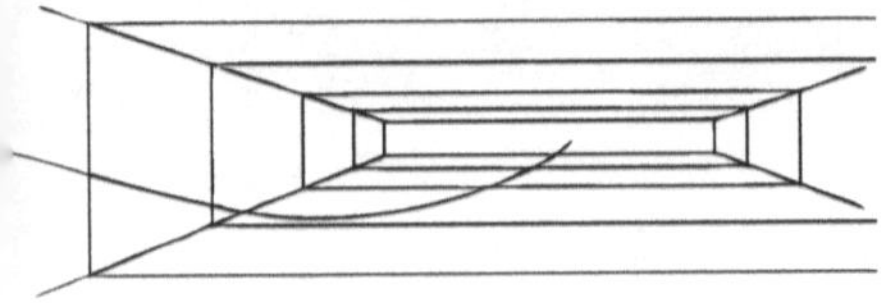

り、訊くのをためらう気持とせめぎあっているのがわかる。やがて彼女は疑問を口にした。「未来って、どういうものだと思う?」

わたしはふいを突かれた。悩んだり戸惑ったりすると、無意識に頭のてっぺんをかく癖があるのだが、いまも思わずその癖が出てしまった。そして肩をすくめた。

「わからない。あまり本気で考えたことがないな。現在からつづく時間の流れとして、ってとこかな?」自分でも独創性のない意見だと思う。カタリーナに嘲笑されるかと覚悟したが、そうはならなかった。

「つい最近まで、未来に関しては、あたしもドクターと同じような感覚でいた」わたしの話をきっちり理解したことが伝わってきた。「なるようになる。ひとりの人間が未来に影響を与えることなんかできない。あたしたち人間は、なにが待っているかまったく知らずに、霧のなかに分け入っていくのだ、ってね。でも、事故があって、すべてが変わった」

カタリーナは頭をうなずかせてファイルを示した。そのファイルのおかげで、彼女はいちいち説明しなくてもすむ。わたしが彼女に会いにくる前に、ファイルを徹底的に読みこんだと、賢明にも察しをつけているのだ。

ファイルによると、三カ月半前に、カタリーナはひどい交通事故にあった。事故に巻きこまれた四人の通行人のうち、生き残ったのは彼女ひとりだけだった。それも、かろうじて。最初、医師は彼女が生命をとりとめるチャンスは薄いとみた。身体的な損傷はあまりなかったのだが、頭を強く打ったために、昏睡状態に陥っていたのだ。そして七十三日後、カタリーナは昏睡から覚めた。最初のうち、後遺症はないと思われたのだが、まもなく、彼女は未来が見えるといいだした。もちろん、誰も本気にしなかった。頭に重傷を負った者のなかに、ときたま同じ症状が見られるからだ。自分の訴えを信

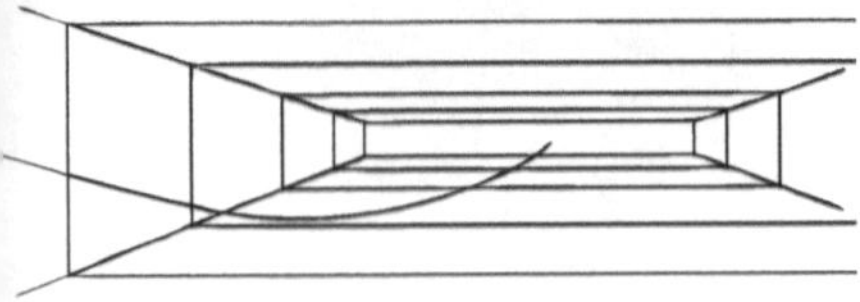

じてもらえず、それに抗議するかのように、カタリーナは自分の殻に引きこもり、やがて食事をしなくなった。外科医は彼女を専門医療外の患者とみなし、直接この病院に送りこんだ。

ドクター・ソーニャが二週間ほど担当しただけでは、めざましい治癒など期待できるはずもない。基本的に、こういう患者には時間と辛抱づよい対応が必要なのだ。彼女が食事をとるようになったのは、ドクター・ソーニャの手柄といえる。しかし、せっかくのいい兆候も、四日前に彼女が突然に自殺を図ったことで、ふりだしにもどってしまった。幸いなことに、カタリーナ自身がそういったとおり、要領が悪くて、自殺は未遂に終わり、生命に別状はなかった。そして規則にしたがい、病院側はしばらくのあいだ要注意患者としてようすをみるために、彼女をこの隔離病室に移した。

「どういう点で変わったんだい？」

カタリーナはわたしと同じように両脚を前にのばし、髪を乱すようにくびを振った。いまの彼女が自由に動かせるのは、脚部と頭だけなのだ。パジャマのズボンの裾が靴下の上までまくれあがり、ふくらはぎがちょっとのぞいている。拘束衣で両腕の自由を奪われ、さぞ不快だろうが、それをはずすことはまだできない。

「霧が晴れたの」彼女は簡潔に説明した。

もっとなにかいうかと思い、わたしはしばらく待っていたが、彼女がそれ以上なにもいいそうにないので、またこちらから質問した。

「で、未来が見えた?」わたしはこの質問が懐疑的に聞こえないように細心の注意を払い、あたかも明白な事実であるかのようにいった。

カタリーナはくびを横に振った。「見えた未来はひとつじゃなかった。だから、初めはとっても混乱した」

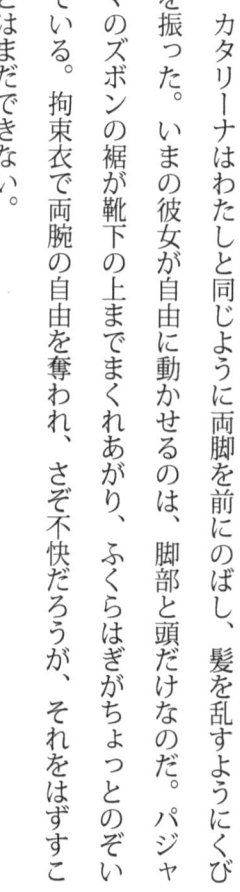

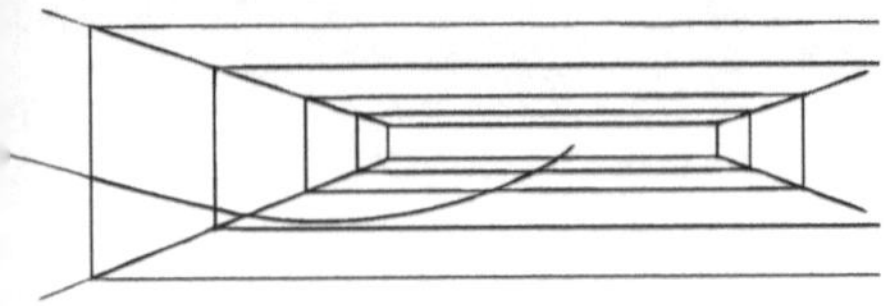

換気口

「どういう意味かな？」

　ほんの少し、彼女はためらった。「目覚めているときにまぶたを閉ざすと、光が……ものすごく明るい光が見えた。はっきりと。閉じたまぶたを通して、視界いっぱいにそれが広がっていた。見えるのは光だけ。すりガラスの繊維を撚ったような、半透明の細い光の紐がかぞえきれないほど並んでいる。その一本一本が未来なの」

　そのイメージをわたしに共有させたいというように、彼女はそこでいったん口をつぐんだ。

「だけど、それがすべて、えーっと、現実になることはありえない。つまり、その……」わたしはなにをいわんとしたのか自分ではわかっていたが、どういうわけか、適切なことばをみつけられなかった。未来について語るという経験がほとんどなかったからだ。

「そう、ありえない。最終的には、そのなかの一本だけが現実になる。でも、そのときまで、どれが残るのか、可能性はどれも同じ。どの光の紐も同じ可能性をもってる。完全に平等。一本の光の紐が自然に突出するまでは」

「自然に突出する？」

「そう。それは透明になって内側から輝きはじめ、どんどん太くなって光の紐ではなく光の柱となり、ほかの光の紐を押しのけるように突出する。最終的には、それだけが空間を占める。それが現在からつながる、ただひとつの未来。目の前にその透明な柱が立っている。一本だけ突出し、拡大膨張したその柱の内部に、すべてが見える。将来起こることのすべてが」

わたしはしばらくのあいだ、黙って彼女をみつめていた。「だが、わたしには見えない」ようやく口を開く。「そういうことなんだ。それが見える特権をもっているのは、あなただけみたいだよ」

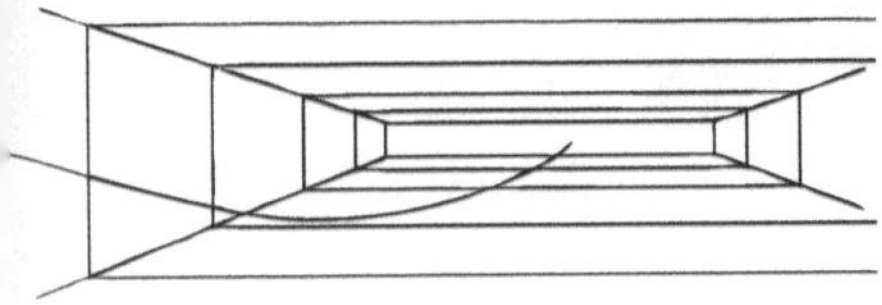

換気口

初めて彼女の顔からほほえみが消えた。

「あなたはあたしを信じてない。そうでしょ？」

「未来が見えるひとがなぜ自殺を決意したのか、それが理解できれば、信じるのも容易になるかもしれない。でも、まだそこまで話が進んでないからね」

カタリーナは胸にあごがつくほど深くうなだれた。髪がはらりと垂れ、ヴェールのように顔を隠した。髪のヴェールの向こうから聞こえてくるのは、ゆっくりしたおだやかな呼吸音だけ。ふたたび彼女が話しはじめたとき、その声はくぐもっていて、なぜか遠くから聞こえた。

「無数の光の紐のなかから、ただ一本だけが輝きはじめるのは、なにが決め手になると思う？　かぞえきれないほど未来があるなかから、これこそが来《きた》るべき現実だと決めるのは、いったいなにかしら？」

「そうだね」わたしは短い時間だったが、頭をフル回転させて答えた。「もしかすると、偶然？」

カタリーナは深いため息をついた。「偶然。そうね、あたしも最初はそう考えた。それならあたしも、新たに得た能力に耐えられると思った」

それきり彼女は口を閉ざしてしまったので、わたしは慎重に尋ねた。「偶然ではないとしたら、いったいなんだろう？」

カタリーナは顔をあげた。顔にかぶさっていた髪も元どおりになり、左右に分かれた。その顔は、どこかで見た広告の絵を思い出させた。

「〝なに〟ではなく、〝誰〟よ」これまでよりもっとやさしい声だ。

わたしは目をぱちくりさせながら、彼女の顔をじっとみつめた。「誰かが来るべき未来を選んでいるということ？　誰にそんなことができるというんだい？」

「そんなの、わかりきってるじゃない？」

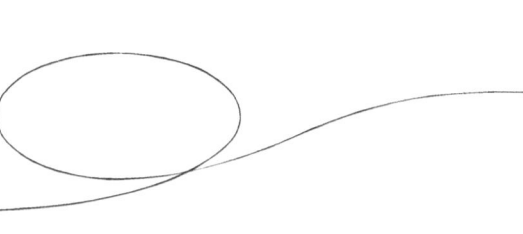

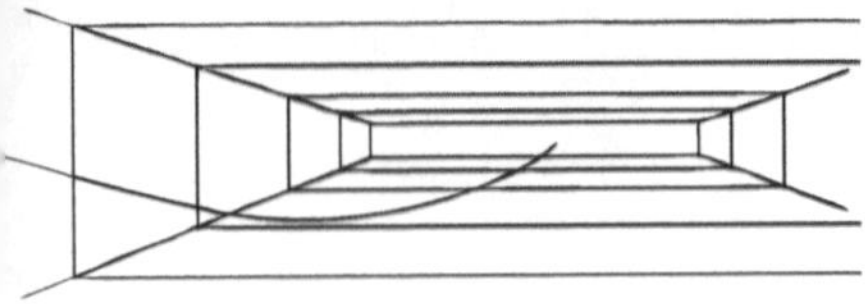

わたしは哀れむような表情をうかべた。「いや、わからないね。少なくとも、わたしではない」

わたしの不明を許してやりたいとでもいうように、彼女のくちびるに微笑の影がもどった。

「あなたを非難したりはしない。あたしだって、目の前にあるものがなにか理解するまで、時間がかかったもの。もちろん、決めるのはあたし。無数の光の紐のなかから一本だけを特定するのは、このあたし。あたしが未来を選ぶの」

「あなたが？」今度は不信の響きが声にこもってしまうのを抑えることはできなかった。「どうやって？」

「とても簡単。簡単すぎて、迷ってしまうぐらい。目覚めているときにまぶたを閉ざすと、まぶたの裏に、かぞえきれないほどの光の紐が見えるけれど、眼は焦点を結んでいない。だから光の紐はどれも、ぼんやりしている。でも、そのうちの一本に眼の焦点を合わせると、その一本だけが突出しはじめる。初めは、どうしてそうなるのか、そのわけを誤解してしまった――あたしがなにもしなくても、その光の紐には突出する然《しか》るべき理由があるから、あたしの眼が自然にそれに惹きつけられるのだと。でも、その逆だった。不幸なことに」

カタリーナもわたしも、三十秒ほど無言でいた。カタリーナのほうは満足のいく説明ができたと確信していたために、わたしのほうはどうすれば会話をつづけられるかわからなかったために。ふいにわたしは、これまでのキャリアがなんの役にも立ちそうにないことに気づいた。そしてかろうじて、彼女の最後のことばに手がかりをみつけた。

「〝不幸なことに〟って、どういうことかな？　どれかひとつに目を留めることで未来が決まるのなら、より良い選択ができるんだから、そのほうがいい

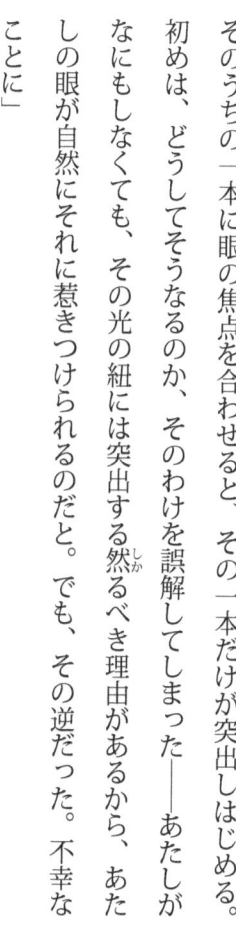

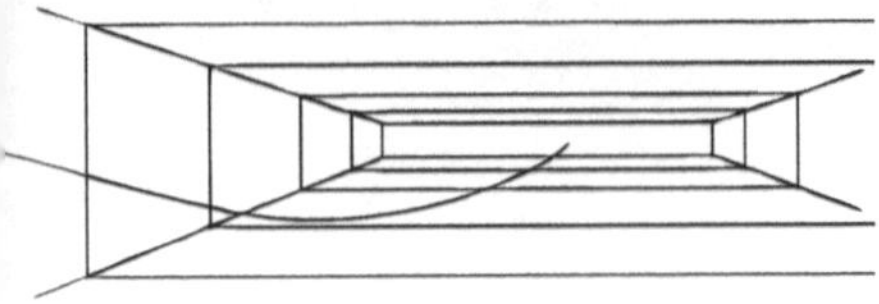

んじゃないかい？　あなたがなぜ自分の命を断ちたかったのか、わたしにはますますわからなくなった」

　カタリーナの顔に、頭の悪い生徒にいいきかせる、教師然とした表情がうかんだ。「より良い選択って？」

「そうだな、病気も不幸も苦労もない未来を選べるってことだ。光の紐がかぞえきれないほどあるのなら、ひとつぐらいはそういう未来があるにちがいない」

　カタリーナはのろのろとくびを横に振った。「それって、ユートピア？　地上の楽園？　純朴《うぶ》なことをいわないで。そんな未来はないわ。病気も不幸も苦労もない未来なんて、ひとつもない」

「理想論をいったわけじゃない。わたしが思い描いた未来は、そういうものがほとんどない世界だというだけだ。その世界では、たいていのひとが幸福に暮らしている」

「だけど、不幸なひともいる」

「それは必然だと、あなたは自分でそういったよ」

彼女の目に、咎め、責める光が宿った。「あなただったら、大多数の幸福な人々の祭壇に犠牲《いけにえ》として捧げられる者を選ぶ役目を課されても、平然と受けられる？」

わたしはまたもやふいを突かれた。思わず頭のてっぺんに手をやりかけたが、なんとかその手を押さえつけた。頭をかいている場合ではない。「それはすごくむずかしい質問だな」

「そうね。それじゃあ、ちょっとだけでいいわ、考えてみて——これっぽっちも望んでいないのに、来るべき未来を決定づけなければならない重荷を背負わされた者のことを。その結果、誰かに病気や不幸や苦労を押しつけることになると、わかっていながら。

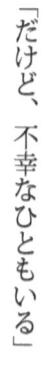

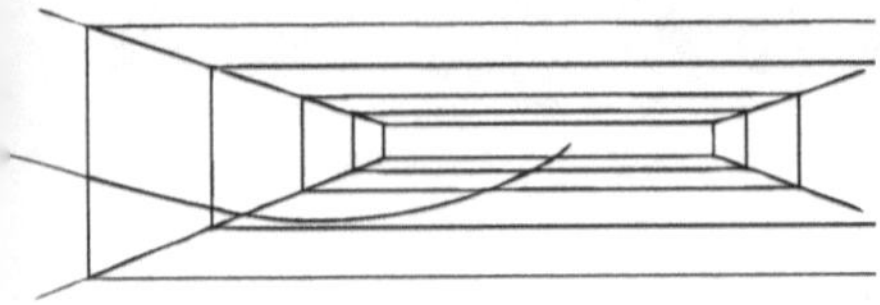

換気口

一個の人間に、そんな重荷を背負うことはできない。神の肩でさえ、それほど強靭かどうか。そんな無情な責任を負うことができるのは、ただひとつ。目も見えず、なにも感じない、〝偶然〟という力だけ。なんらかのまちがいで、その力があたしに宿ってしまったから、あたしはできるだけ早く、それを元にもどさなくてはならない。あたしにはほかに選択肢がないってことを、ぜひあなたに理解してほしい」

「でも、自殺が唯一の解決法ではないよ」

「そう？　ほかにどんな方法があるの？」皮肉たっぷりな口調だ。

「あなたはいったね……未来を示すかぞえきれないほどの光の紐は、目覚めているのにまぶたを閉ざしたときだけ現われると。そうだね？」

「そのとおり」

「それなら、眠るとき以外にまぶたを閉じなければいいじゃないか」

カタリーナは頭を前後に振った。風に吹かれたかのように、ブロンドの髪が揺れる。「なんでもそれほど簡単ならね。あなたはあたしを過大評価してる。あなたは本気で思ってるの——たかが人間がそれほどの誘惑に抵抗できると？　それほどしっかり自己をコントロールできると？　どちらにしても、あたしはもう試してみたわ。でも、得られたのは欲求不満だけ。だから自殺しようとしたけど、うまくいかなかった」

「ありがたいことに、未遂で終わったんだよ」

「未遂で終わったのは、あたしが不手際だったからよ。あたしが死にたいと思ったのは、怒りと絶望から。でも、その取り合わせって、なにかを成しとげたい者にとっては、それほど強力な動機にはならない。けっきょく自殺が未遂に終わり、ここに収容された。少しおちついてから、あたしは冷静に、大観的に考えるようになった」ほほえみが大きくなる。「こんなふうに拘束

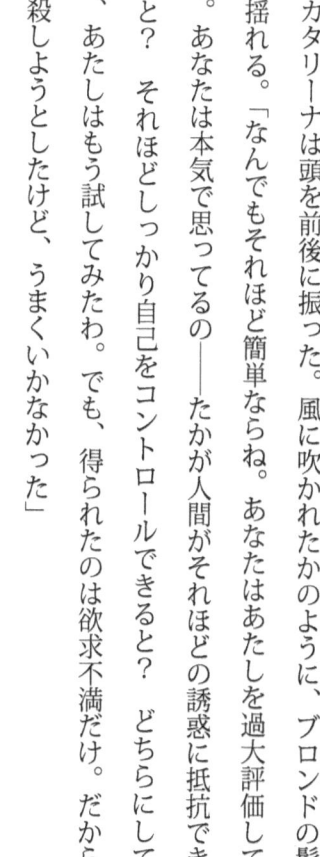

衣を着せられてるけど、これにもいい点があるのね」

「それもひとつじゃないよ。不自由だろうが、拘束衣のおかげで無謀な行動も阻止されるからね。拘束衣を着たまま自殺した者は、まだひとりもいない」

「なら、あたしが第一号になるわ」その声にはかすかに誇らしげな響きがこもっていた。

「どうやって？」

「じきにわかるわ。事態は進行中で、誰にも止められない」

「そんなに自信があるのかい？」

「もちろん。あたしには思いどおりにできる力があるってこと、忘れないで。この部屋の床にすわって、自殺に失敗したことに対する怒りがゆっくりと消えていくにつれ、ようやくそのことに気づいたの。あたしが完璧になにかを成し遂げようとすると、不確かで不安定な要素が入りこんでくる。なぜかしら？」

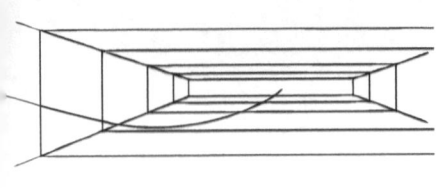

「それはつまり……？」わたしばくぜんと円を描くように、片手を軽く動かした。

「そう。つまり、あたしは、自分がちゃんと自殺する未来を見せてくれる光の紐を選べばいいだけ。とはいえ、口でいうほど簡単なことじゃない。三日かけて、無数の光の紐のなかから、的確な光の紐をみつけようとした。そしてようやく、みつけたの」

「いまのこの現在は、あなたがみつけた未来につながっている？」

「そう。選ぶということが、どれぐらい他者に苦痛を与えることになるか、あなたにもわかるはずよ。あたしが選んだ未来では、ドクター・ソーニャが階段から落ちることになっていた。とても申しわけないと思ってる。彼女はあたしにやさしくしてくれたし、よく理解してくれたから。どうか彼女に許してほしいと伝えてちょうだい。どうしても避けられない事故だったことを、なんとか説明してあげて。でも、あなたがどんなに努力しても、むだでしょ

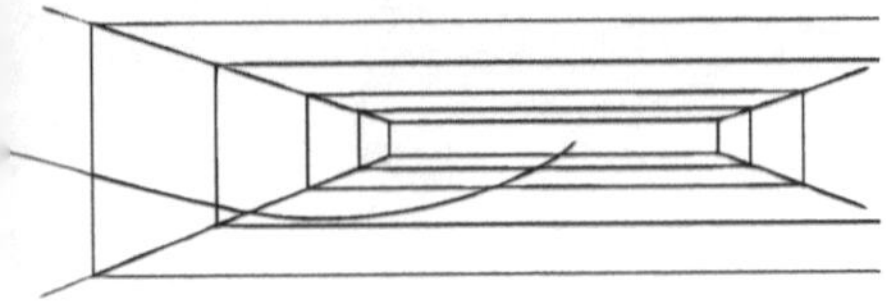

うね。あなたは彼女を納得させられない。だって、あなた自身が信じてないから。明日、あたしがここで死んでいるのをみつけても、ね」

わたしは壁も床も詰め物でおおわれた病室の中をゆっくりと見まわした。個人的には、こういう寂しい、白い独房は好きではないが、いま現在、悲痛な思いに苦しんでいる若い女にとっては、願ってもない聖域のような気がする。この部屋は、拘束衣で行動を抑制された彼女が、自分を傷つけることのできない唯一の場所なのだ。これまでもときおり、自殺傾向のある患者を診てきたが、すべて典型的で、ありきたりの症例ばかりだった。今回のように手のこんだ、しかも信じがたい話は初めて聞いた。おまけに彼女は自信たっぷりに語ったのだ。彼女の治療をするのはむずかしいが、挑戦しがいがある。同僚のソーニャのけがが癒えて職場に復帰したら、彼女を説得して、わたしをカタリーナの担当医師にしてもらうか、あるいは、せめて協力させてもらおう。

「カタリーナ、あなたの死体をみつけることなんかありえないよ」わたしはそういったが、内心では自分の声に確信がこもっていることを願った。「明日、わたしが訪ねてきたとき、あなたは元気でいるはずだ。ほかに考えられないだろう？　そして、ふたりで今日の会話の続きをしよう。じつに興味深い会話だからね」

カタリーナは返事をしなかった。熱意をもって教えたのに努力が実らず、頭の悪い生徒がなにひとつ理解できずにいることを認めざるをえない教師のように、彼女の顔に無念さと哀れみの表情がよぎった。

わたしはファイルを手に立ちあがった。ドア枠を強く二回ノックすると、間髪入れずにのぞき窓が開き、付添人の顔が見えた。彼がドアの前から離れなかったのは明らかだ。重いドアが開き、わたしは患者のほうをふりむいた。

「さよなら、カタリーナ」わたしは明るい声でいった。

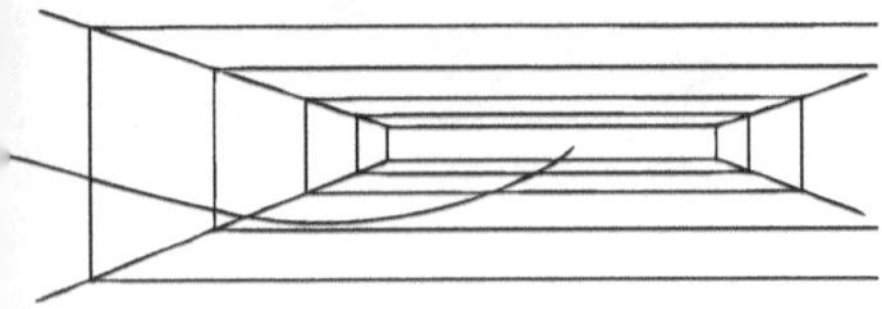

「ごきげんよう、ドクター」彼女も明るく答えた。仲のいい友人同士がおしゃべりを楽しんだあと、あたたかい笑みを交わして別れるように。

翌日、わたしが彼女の遺体をみつけたわけではなかった。彼女は文字通りの意味でああいったのではなかったのだ。わたしが病院に出勤したころには、彼女の遺体はすでに運び去られていた。彼女の死因に関して、最初にもたれた疑惑はすぐに解消された。

午前八時に朝食が運ばれたとき、カタリーナはいつものように、ドアに背を向けて、床に丸くなって横たわっていた。その顔をひと目見ただけで、彼女がすでに亡くなっていることがわかった。彼女の美しい顔は、グロテスクにふくれあがっていたのだ。この醜い死に顔をもたらしたものがなんであれ、それは七号室の隔離病室には見あたらず、法医学者の検屍報告書が届くまで、

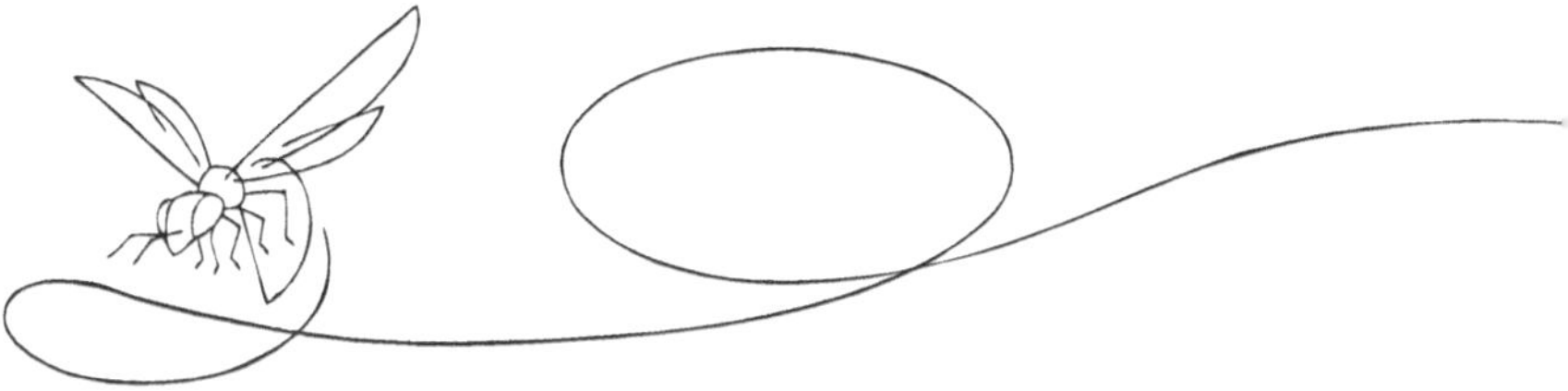

なにが起こったのか定かではなかった。
カタリーナはスズメバチの毒のアレルギーをもっていた。朝早くに、そう、午前六時から六時半のあいだに、天井近くの換気口からスズメバチが侵入し、彼女の左頬を刺した。あんな小さな穴をらくらくと通れるのは虫ぐらいしかいない。スズメバチに刺されて二十分後に、カタリーナは死んだ。死亡時刻が七時前だったのは確かだ。
ひとつだけ疑問がある。たとえ眠っていたにしても、スズメバチに刺されれば目を覚ましたはずだ。だのに、カタリーナはなぜ助けを呼ばなかったのだろう？　死の危険は重々承知していたはずなのに。時間は充分にあった。だが、彼女はなにもしなかった。
この疑問に答えられるのは、おそらくわたしだけだろう。わたしはカタリーナのカルテに、最初で最後の所見を記した。彼女が助けを呼ばなかったのは、

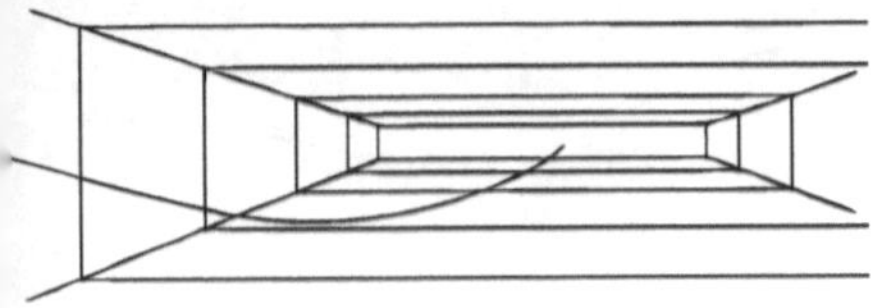

換気口

以前に自殺しようとして果たせなかった試みを、スズメバチによって成就することができるからだ。信じられないほど偶然が重なった状況だったが、彼女はその好機を利用した、きわめて異例な自殺手段だ。じっさい、一匹のスズメバチがどこからともなく飛んできて、ごく小さな穴をくぐって入った部屋には、どんぴしゃり、その毒にアレルギーをもつ者がいた——それが現実になる確率はどれぐらいだろう？　確率としてはごく微小だ。だが、微小といえど、ゼロではない。とはいえ、いかに確率が低くても、換気口はふさいでおくべきだったかもしれない。どちらにしても、たいして役に立っていないのだから。そしてまた、いつ、どんなふうに、想像すらおよばない事故が起こるか、誰にもわからないのだから。

　カタリーナが二度もみずからの死を望んだ動機については、わたしはなにもいわなかった。わたしになにがいえるだろう？　彼女とは一度しか話す機

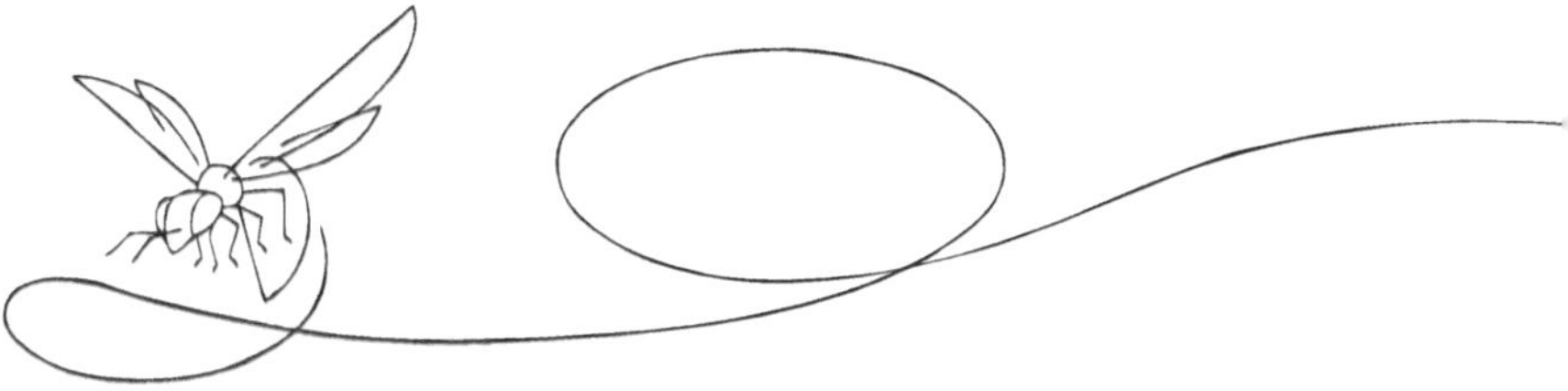

会がなかったし、たった一度話しただけでは、納得のいく結論を出すことはできない。あの患者ともっと長く接したソーニャなら、この件を異なる角度から見ることができるかもしれない。

　わたしは報告書を書き終えると、車に乗ってソーニャの家に向かった。彼女には、わたしの口から悲劇をつたえたかったのだ。そして、昨日カタリーナに託された伝言をつたえたかった。

解説

ファンタスティカの復権

巽 孝之
（慶應義塾大学文学部教授・アメリカ文学専攻）

ゾラン・ジヴコヴィッチ――このまったく未知のユーゴスラビア作家による何とも独特な作品に初めて接したのは、かれこれ三〇年ほどさかのぼる。早川書房の月刊誌〈SFマガジン〉一九八二年四月号（通巻二八五号）に波津博明氏の手で訳載されたファースト・コンタクトものの短編「琴座計画」（"Project Lyra," 初出『シリウス』一九七九年九月号）が、それだった。折しも一九七七年の『スター・ウォーズ』以降、全世界を未曾有のSFブームが覆っていた渦中であり、SFファンが大好きなファースト・コンタクトものは当時のハリウッド映画でも『未知との遭遇』や『E.T.』により人気を博していたとはいえ、さてジヴコヴィッチのように、米ソ冷戦の渦中ではせっかくの異星人との出会いのチャンスも超大国同士の飽くなき政治的闘争の前には――すなわち人類そのものの知的未成熟の前には――あっけなく消え去るだろうというきわめつけのアイロニーを効かせた作品は、言うまでもなく例外的である。英米SFの感覚では、宇宙からの通信が傍受されて、いざ異星人と地球人のファースト・コンタクトの可能性が高まったといったら、まがりなりにも異星人を出すか、その存在を匂わせるかという楽観的な展開が類型を成す。しかし、非英米の視点、すなわち国家体制そのものが頻繁にして抜本的な変容を迫られる一大紛争地域であった東欧国家の視点から現実を見据えてきたユーゴスラヴィアは首都ベオグラード出身のジヴコヴィッチの場合、そもそも地球人内部の政治紛争が宇宙的交流を受け入れるだけ成熟したものであるかどうかという点を、じつに意地悪く、じつに小気味よく掘り下げ、まさしく会話だけで抱腹絶倒のコメディを仕立て上げていく。彼はのちに、引退した地球外知性探査計画（SETI）スタッフが、地球外と思われる音楽の調べを耳にして芸術的霊感を得るという佳作「謎」（The Puzzle 初出二〇〇一年）も発表している。異星人の存在が確認されているにもかかわらず意思疎通が困難をきわめるというテーマについてはポーランド作家スタニスワフ・レムが自家薬籠中のものとしているが、ジヴコヴィッチの場合はそれとも異なる独特なユーモアを含む。

この日本初紹介のときに、深見弾氏によって「琴座計画」に付された解説が、ジヴコヴィッチを一九七〇年代に黄金時代を迎えたユーゴスラビアSF界の新たなるリーダーとして強調するものになったのは、当然だった。一九四八年ベオグラード生まれの彼はベオグラード大学文献学部総合文学科に進んだころから英米SFに惹かれるようになり、そこにて一九七九年には「アーサー・

C・クラークのSF作品におけるファースト・コンタクトのモチーフ」と題する論文で修士号、八二年には「芸術的ジャンルとしてのSFの起原」と題する論文で博士号を取得し、現在は母校にて創作専攻の教授職に就いている。一貫して文学理論を中心にしたアカデミズムに身を置きながら、SFジャーナリズムに関わるようになったのは、七六年に創刊された年刊傑作選『アンドロメダ』で名編集長ヴチロヴィッチの片腕となって以来。ここで彼は、選択眼のたしかさを買われて英米SFの作品選定を一任され、その能力を存分に発揮し、のちにザグレブを根城とする代表的SF誌『シリウス』編集部にも加わっている。折しも北米では、同じくユーゴスラビア出身にして北米はカナダのマッギル大学にて教鞭を執るSF批評の大御所ダルコ・スーヴィンが、七三年よりR・D・マレンらとともに左翼系学術誌『SFスタディーズ』を立ち上げ、七九年には名著『SFの変容』で現代文学におけるSFの機能を再定義してみせており、ジヴコヴィッチはそうしたスーヴィンの活躍をもふまえつつ「ユーゴスラビアにおけるSF研究」なる論考をものす。さらに彼はアーサー・C・クラークの『2001年宇宙の旅』をはじめ多くの翻訳にも手を染め、クラークの代表長編『幼年期の終わり』については論文まで書き上げ、それはいまも彼のウェブサイト上で読むことができるのだから（http://zoranzivkovic.com/）、ジヴコヴィッチがひとまずSF研究よりその文学的経歴をスタートさせた作家であることは、否定しえない。

けれども、ここで見逃してはならないのは、彼が活躍し始める一九七〇年代が、英米ではJ・G・バラードやブライアン・オールディス、マイケル・ムアコック、ハーラン・エリスン、トマス・ディッシュ、サミュエル・ディレイニーらに牽引される英米ニューウェーヴSF運動の余波がまだまだ強い時期であり、それはSFを「科学《サイエンス》小説《フィクション》」ならぬ「思弁《スペキュラティヴ》小説《フィクション》」の略として再検討しようとする流れだったことである。ニューウェーヴ運動は一九六〇年代、科学技術や商業主義への楽観的な信仰からアメリカ的外宇宙開発を自明のものとするハードコアSFの方向を批判し、むしろ超現実主義に代表されるモダニズム芸術の文脈において人間自身の内宇宙を思弁的に探求するほうが先決ではないかと考えるところに、その新しさがあった。

ジヴコヴィッチの文学的才能が何らかのかたちでこの運動に共振するところが大きかったのは、疑いえない。げんにニューウェーヴSF運動最大のスポークスマンであったムアコックは彼を賞賛してやまず、ジヴコヴィッチ本人も二〇〇二年刊行の代表作『図書館』の献辞にムアコックの名前を記している。かくして、彼は不条理的とも内宇宙的とも、幻想文学的ともシュールレアリスム的とも評される独自の思弁小説の作風を確立して作家となり、一九九三年の『第四の円環』を皮切りに二〇〇九年発表の最新作『ゴーストライター』

まで一八冊の長編および短篇集を刊行するに至った。こと創作に関する限り、いまのジヴコヴィッチは一九八二年の「琴座計画」邦訳によって「日本の読者は私に間違った印象を抱いているかもしれない」と懸念し、いまの自分は伝統的なSF作家ではなく、いっさいのジャンル論的接頭辞を抜きにした「古式ゆかしい散文の地道なる実践者」なのだと自称する（二〇一〇年八月二十五日付私信）。

たしかに、一九八〇年代まで先鋭なるSF研究を続けてきたジヴコヴィッチと、一九九三年刊行の第一著書『第四の円環』で初めて英訳され、SF的要素をも一環とする超ジャンル的な現代文学、ブルース・スターリングいわくのスリップストリーム文学（主流ならぬ変流文学）の新旗手となり、前掲『図書館』では二〇〇三年度世界幻想文学大賞を受賞し、二〇〇九年秋には世界幻想文学大会のゲスト・オヴ・オナーに選ばれたジヴコヴィッチとでは、別人のごとくに異なって見える。この間、第二次世界大戦中に成立したユーゴスラビア社会主義連邦共和国が崩壊の一途を辿り、一九九二年にはユーゴスラビア連邦共和国へと転換するも、九〇年代全体をかけて、いわゆる民族主義の増長を承けたユーゴスラビア紛争が継続した。ジヴコヴィッチ一家は独裁者とも目される大セルビア主義者ミロシェヴィッチ大統領の治世に辟易しており、コソボ紛争のときには狭いアパートから出ることもできず、NATOのストライキのため食べ物にも電気にも困窮し、国連の経済制裁のため燃料の不足を補うのにSF本をくべるしかないと決意するほどのするありさまだったが、にもかかわらず作家は作品を執筆し続けたという。ベオグラードの中国大使館へ撃ち込まれたミサイルから逃れて九死に一生を得たこともあるわけだから、現実を語ればそれなりにダイナミックな作品も書き得たろう。だが、この作家はむしろ、現実が厳しくなればなるほど伝統的にして地方主義的なリアリズムを忌避し、あくまで普遍的な幻想力のみで現実よりも深い現実をえぐり出す。戦争と経済制裁は、ジヴコヴィッチ自身が編集出版してきたユーゴスラビア最大のSF叢書を決定的な危機へ陥れたが、まさにその危機こそは、彼をしてジャンルSFの制約にこだわらぬいっそう深く広い幻想文学へと立ち入らせたゆえんだったかもしれない（当時のユーゴスラビアSFをめぐる詳細については、前掲波津博明によるブルーノ・オゴレレツ、そしてほかならぬゾラン・ジヴコヴィッチ自身へのインタビューを含む「ワールドSFレポート」―〈SFマガジン〉一九九二年四月号、一九九三年九月号―参照）。

じっさい批評家ダン・ハートランドも言うように、もともと東欧文学には公式の現実を断固認めず、エリートたちに押しつけられた真実よりも大衆の物語を好み、幻想的なる民話や童話の中に真実を暗号化して埋めこむことにかけては、長い伝統があった（「ゾラン・ジヴコヴィッチの作品群」、『ヴェクター』二〇〇六年五月／六月号【通巻二四七号】）。したがって、前述のとおり、八〇年代の「琴座計画」ですでにメタSF的に示されたＳＥＴＩへの関心が、激動のユーゴスラビア紛争時代を経た新世紀の短編「謎」において、最も現代的な幻想小説の枠組のうちに巧みに組み込まれたこともまた、そうした東欧的幻想の戦略的成果にほかなるまい。

だからこそ、本書に収録された珠玉の短編群は、いずれも幻想の先にさらなる幻想を紡ぎ出す。

たとえば冒頭を飾る「ティーショップ」（『十二の蒐集とティーショップ』所収、二〇〇五年）は、列車の待ち時間にティーショップに入った女主人公のミス・グレタが、ふと値段の記されていない「物語のお茶」を注文したところ、それにはじっさいのお茶だけでなく物語自体もついており、ウェイターや女性レジ係、ひいては店内のお客たちまでが入れ替わり立ち替わり彼女のところへやってきては交互に精妙なる物語を語り始め、それは元処刑人の話から元看護師長の話、さらには元教授夫人の話まで奇想天外なかたちで展開し、いわば物語から物語が生まれていく現場が、繰り広げられていく。

続く「火事」(『音楽の七つの調べ』所収、二〇〇一年)は、女主人公のマーサがギリシャのどこかの神殿に楽士たちが寄り集い、奇妙で破壊的な楽の音を奏で始めるや、神殿そのものが崩壊して業火に包まれていく夢から醒めるも、はたして自身の勤務先の図書館へ赴いてみると、コンピュータ・ディスプレイ上になぜか、とうに消失したはずのギリシャのアレクサンドリア大図書館が映り、同じく奇妙で破壊的な楽の音とともに焼け落ちていくばかりか、その業火がなんと現代のコンピュータ・ディスプレイにまで燃え広がり、夢から醒めたと思ったらこんどは現実が夢とともに溶け合う悪夢へとさまよいこむ。

末尾を飾る「換気口」(『霧の中を進むと』所収、二〇〇三年)は、とある重大な交通事故の結果、自殺衝動とともに未来予測能力を備えるようになった女性患者カタリーナを医師アレグザンダーが担当するも、彼女は「すりガラスの繊維を撚ったような、半透明の細い光の紐が数え切れないほど並んで」いて「その一本一本が未来」であり、自分だけがそれら多様なる未来を指し示す「無数の光の紐のなかから一本だけを特定」できると豪語し、まさにその論理を精密なまでに応用しつつ、最後の自殺を試みる。

このように、ジヴコヴィッチの作品において、物語はひとつではなく、夢もひとつではなく、未来もひとつではない。すべては重層的に絡み合い、そのベクトルはいつどこへ伸びていくのか、はっきりしない。その複雑系は、映画『インセプション』の比ではない。ひとたび彼の小説をひもとけば、そこには作品のサイズに似合わぬほどに奥深く幅広いメタ文学的可能性のチャイニーズ・ボックスが秘められている。ときに彼がカフカやボルヘス、カルヴィーノにたとえられ、前述してきた思弁（スペキュレーション）はもちろん、批評家ロバート・スコールズいわくのポストモダン寓話作用「ファビュレーション」をも活用しうる作家と評価されるゆえんだ。そう考えるなら、名作『図書館』の第二話「家庭図書館」が、毎日毎日、頼みもしないのに誰かから「世界文学」なるタイトルのハードカバー本が何巻も何巻も送り届けられてくるという設定で始まるのは、ジヴコヴィッチ文学そのものの本質を突いているようで興味深い。主人公は「いったいうちの郵便受けには、何巻になるまで本が届くのか、数冊か数百冊か」と悩み、「おそらくは後者だろう」と観念する。理由は簡単。「けっきょく、ことは世界文学なのだから、どんな薄紙に印刷したとしたって、莫大なものになるに決まっている」。かくして語り手は「最悪の事態に備えなくちゃならない」と腹をくくるのだ。

世界文学者ジヴコヴィッチの作品集が、それを日本語圏で初めて読む者にどう受け入れられるのか、それは定かにはわからない。しかし、仮にとてつもない悪夢的幻想であったとしても、その味わいがたまらなく甘美であることだけは、ここに保証しよう。

著者紹介

Zoran Živković
（ゾラン・ジヴコヴィッチ）

1948 年旧ユーゴスラビア・ベオグラードに生まれる。
1973 年ベオグラード大学文献学部総合文学科を卒業。
1979 年修士号、1982 年博士号を取得。
現在、同大学にて創作文芸の教授を務める。

The Fourth Circle (1993 年)、Time Gifts (1997 年)、
The Writer (1998 年)、The Book (1999 年)、
Impossible Encounters (2000 年)、
Seven Touches of Music (2001 年)、
The Library (2002 年)、Steps through the Mist (2003 年)、
Hidden Camera (2003 年)、Compartments (2004 年)、
Four Stories till the End (2004 年)、
Twelve Collections and the Teashop (2005 年)、
The Bridge (2006 年)、Miss Tamara、The Reader (2006 年)、
Amarcord (2007 年)、The Last Book (2007 年)、
Escher's Loops (2008 年)、The Ghostwriter (2009 年)、
The Five Wonders of the Danube (2011 年)、
The Image Interpreter (2016 年)
など 22 本のフィクション小説を執筆 (いずれも日本未発表)。

現在、妻の Mia、双子の息子 Uroš、Andreja、犬の Zoe と猫 3 匹とともにセルビア・ベオグラードに在住。

KURODAHAN PRESS 黒田藩プレス

ゾラン・ジヴコヴィッチの不思議な物語

2019年6月30日　印刷　第三版
2010年10月15日　発行

著　者　ゾラン・ジヴコヴィッチ
Zoran Živković
発行者　リプセット・エドワード
発行所　黒田藩プレス・株式会社インターカム
http://www.kurodahan.com

ISBN 978-4-902075-16-8　FG-RS0001-L3